書きしごと。

吉住

ぴろ（キュウ）

ニシダ（ラランド）

石橋遼大（四千頭身）

上田航平

布川ひろき（トム・ブラウン）

KODANSHA

目次

カバー写真　Adobe Stock　　　カバーデザイン　bookwall

書きしごと。

そそぐ

吉住

「待ってたよ。やっと、ここまで来たね」

男は涙ぐんでいた。視線の先では、もちろんアミも泣いている。綺麗な涙だった。

ステージのバックモニターには、『武道館ライブ開催決定！』の文字が躍っている。

あれから八年か……。

感慨深かった。武道館は、アミたちのデビュー当時からの悲願であり目標であった。男の周りからもすすり泣きや嗚咽《おえつ》が聞こえる。

けれど、と男は思う。お前たちは違うだろ、と周りの男たちと一緒にされることをとにかく嫌った。

八年前、アミが初ステージを踏んだ時から男はアミを見ていた。見ていたといっても、最初はわざわざ見に行ったわけではなく、会社帰りに通りかかった地域のお祭りにアミたちが出ていたのだ。

その当時、男は仕事に忙殺され、生きる糧など何ひとつなく、心は荒《すさ》みきっていた。

だから最初は冷やかしのつもりで見ていた。こんな時代に売れるはずもないアイドルなんて職業にうつつを抜かす、愚かな娘たちを一目拝んでやろうじゃないか。そんな卑しい心からだった。自分より下の人間を見てみたかったのかもしれない。

しかし、気づくと男は一人の少女を夢中で追っていた。まだ中学に上がったばかりであろうその少女は、北欧の血が混ざっていないと辻褄《つじつま》が合わないほどに目鼻立ちが整っており、一際ステージで輝いて見えた。

その少女こそ、アミであった。屋外のお世辞にも恵まれた環境とは言えないステージの上で、アミだけは光源かのごとく光を放っていた。何より男の心を鷲掴《わしづか》みにしたのがその歌声だった。少し掠《かす》れ気味の鼻にかかったその歌声は、渇ききった男の心にどぶどぶと沁み渡り潤いを与えた。

久しぶりに男は心がときめくのを感じた。主人公だ、と思った。そして、急に口惜しくなった。自分はこの少女の物語に迷い込んだ名もなき通行人にすぎないことが。

次の日、男は会社をやめた。この日から、男の生活はアミを軸に回りはじめた。

アミたちが出ると聞けば、どんな小さなライブにも欠かさず通った。ブログのチェックは寝る前の日課となり、グッズも箱買いし、とことんまでアミに尽くした。その分、アミに会えない日は寝る間を惜しんで働く。アミの物語の養分になるのなら、そんなもの苦でも何でもなかった。自分の人生など取るに足りない。

そんな生活を続けて、気づけば六年が経っていた。その頃になると、男はただの通行人ではなく、ファンの間でも多分に知られる存在となっていた。

一方、肝心のアミたちはというと、客が一桁だった頃から徐々にファンを増やし、その界隈では割と有名になりつつあったが、それでも武道館は夢のまた夢であった。

そんなアミたちに転機が訪れたのは二年前。この男がネットにアップした一枚の写真からだった。そこには溢《あふ》れんばかりの笑顔でパフォーマンスするアミの姿が写っていた。

それはあまりにも美しすぎた。デビュー当時の幼さの残っていたアミを、六年という歳月は、非の打ちどころのない美女に変身させていた。唯一変わっていないところといえば、その歌声だけとなっていた。

アミの写真が話題になってからというもの、目に見えてファンは激増し、チケットは入手困難、メディアにもアミたちの存在が度々取り上げられるようになった。アミたちを取り巻く環境はたった一枚の写真で、一気に様変わりしたのであった。

だが、この男だけはそれを快く思ってはいなかった。なんなら物語のページを大幅に捲《めく》った本人にも拘《かかわ》らず、苦虫を噛《か》み潰したような見苦しい顔をしていた。アミたちにとって喜ばしいことだと理解はしている。だが、それでも、新参の男どもがアミの容姿に群がる蠅《はえ》にしか見えず虫唾《むしず》が走った。アミの魅力はそこではないのに。あいつらは何も分かっていない。

「アミちゃーん、待ってたよー!!」

周りの男たちの野太い声で男はハッとした。アミの口癖を真似た定番のコールを浴び、アミは嬉しそうに笑った。まさに今、武道館に向けたアミの挨拶が始まるところだった。

いけない、大切なアミの声を聞き逃すところだった。一言一句聞き逃してたまるか。男の体が前のめりになった時、アミと一瞬目が合った気がした。そんなことあるはずないのに。

アミが口を開く。男の心はときめいた。あぁ、満たされている。僕を幸せにするのはいつだって、この声だった。男は全神経を集中してアミの声を浴び続けた。

ライブが終わり帰り支度をしていると、見知った顔が近づいてきた。活動初期から一緒に応援してきた仲間だ。数秒目が合った後、どちらからともなく走り寄って抱き合った。それぞれ赤と黄色の法被が鼻水でビチャビチャになるのも厭《いと》わない、互いの八年を労うような熱い抱擁だった。そして、しばらくして急に恥ずかしくなり、その恥ずかしさを打ち消すかのように、例のごとく、新参のファンをこき下ろし、推しのちょっとした変化に推論を立て合い、恒例の生写真交換会をして帰路についた。

そして、ライブから数週間経ったある日。男は隣の部屋の物音で目が覚めた。このアパートの壁は薄い。段ボールでできているのかと思うほどに、隣の部屋の音が生き生きと耳に届く。自分は耐震の概念のない家に住んでいる。その事実に改めて浸りながら、ふと気づく。隣の部屋はしばらく誰も住んでいなかったはずだが。誰かが越してきたのか。

男は肩を落とす。暇さえあればスピーカーでアミの歌声を摂取し、時には鼻歌を歌い、時には体を小刻みに揺らす、あの愛おしい時間に邪魔が入るかもしれない、と。煩わしく思った。こんな古アパートに越してくるなど、どんな物好きだ。どうせ碌《ろく》でもない奴に決まっている、と。

けれど、男にとって節約というのは、目下の最優先事項であり、ここを出ていく選択肢など端《はな》からなかった。ブツブツ不平を垂れ流しながら、バイトの準備を始める。今日の予定は、まず建築現場で一日働き、夜から踏切点検のバイト。そして下水掃除の現場へ移動し、最後はコールセンターで締める。四十時間労働の幕開けだった。

そう、この男に労働基準法などという言葉は存在しないのだ。男は作業着を袋に詰め、仕事に出かけた。

働き方改革全無視の四十時間労働を終え、帰宅した男は、着ている服もそのままに布団に体を放り出す。以前までは、四十時間労働など赤子の手をひねるようなものだったのに、さすがに年には抗《あらが》えなくなってきた。男は最後の力を振り絞り、スマホに手を伸ばす。アミのブログを見るためだ。これがないと一日を終えられない。今まで何千回とやり慣れたこの動作。考える前に指が動く。が、ふいに男の指が止まる。自分でも訳がわからぬまま戸惑っていると、壁の向こうから漏れ出る音で気が逸《そ》れたのだと遅れて気づく。あ、この曲、知ってる……。

　壁の向こうから聞こえてきたのは、ファンの中でも知っている人間が限られるアミたちの活動初期の曲であった。この曲は特にアミの歌声がいい味を出している。壁越しであってもアミの伸びやかな歌声に聴き入ってしまう。

　なるほど、隣に越して来た奴も同族か。この曲を選ぶあたり少しは骨のある奴と認めてやってもいいが、などと独《ひと》り言《ご》ちて、アミのブログに意識を戻そうとした時、男は自らのある重大な勘違いに思い至った。

　いや、違う。これ、流してるんじゃない。

　歌っているんだ……。

　男ははっきりと自覚するほどに興奮していた。毛穴という毛穴から汗が噴き出す。先程までの眠気や疲労は吹き飛び、体中の細胞が忙しなく沸く。知っている……。男は確かにこの歌声を知っていた。急いで壁に耳をつける。やっぱりそうだ。溢れ出る感情が隣に伝わらないよう、男は叫び出したい衝動を必死に押し込めた。

　まさか、隣に越してきたのは、アミなのか……？　到底信じられない事実に男は動揺した。しかし、この馬鹿げた仮説を否定しきれないのも、この男自身であった。アミの歌声を誰よりも聴き込んできた自負がある。男は耳をそばだてながらも、努めて冷静になろうと頭を働かせた。

でも、なぜ？　なぜこんな古アパートにアミが住むことがある？　好きなアイドルが隣の部屋に越してくるなど、そんな都合のいい話、今時ドラマにもならない。

　そこでふと、ライブでアミと目が合ったことを思い出す。アミ一筋で追い続けた八年。アミはもちろん自分のことを認識しているだろうし、握手会やサイン会では世間話もたくさんしてきた。もしかして、アミは僕がこの古アパートに住んでいることを知っていたんじゃないだろうか……？　知っていて、わざと隣に……？

　いやいや、まさか。さすがにそれは飛躍しすぎだ。けれど、どうしても口角が上がってしまう。一エキストラとして、アミの物語に参加していたつもりが、これじゃキーパーソンじゃないか。

　これはもしや、アミの運命の相手とは……。妄想が捗《はかど》って仕方がない。

　男は今までアイドルを恋愛対象に見る輩《やから》に冷ややかな視線を向けてきた側の人間であった。アイドルをそんな汚らわしい目で見るなど言語道断だ。なのに、いざ自分にチャンスが回ってくると、こんなにも鮮やかに飛び付いてしまうものなのかと、自分の雄としての素直さに笑った。それから時が経つのを忘れ、この後に待ち受けているであろう展開と結末を想像しては酒を呷《あお》った。アミを追いかけ始めて八年、初めてブログを読まずに眠りについた。

　翌日、ドアが閉まる音で目が覚めた。廊下をコツコツ歩いていく音がする。夢じゃなかったと、くたくたの布団の上でガッツポーズを決め、カレンダーに目をやる。今日の日付に赤丸がついている。そうか、今日は歌番組の収録だったか、と心の中でアミを見送る。もちろん歌番組の収録など公式には発表されてはいない。けれど、新曲のリリース日から逆算して歌番組の収録の当たりをつけるなど、この男にとってみれば造作もないことだった。そして、事前に申し込んだ観覧は当たり前に当選していた。

　部屋の隅に積み上がった服の山から襟付きのシャツを引っ張り出し、匂いを嗅ぐ。まぁ許容範囲かと思いつつも、徐《おもむろ》に消臭スプレーを吹きかけ気持ち程度にシワを伸ばしてから腕を通す。普段着るものに気を使わない男もアミの視界に映るとなったら話は別だ。しかも隣人になってから初めての対面となれば尚更《なおさら》。思わず男から笑みがこぼれる。隣人、いい響きだ。隣人という言葉を噛み締めながら、アミとの間を隔てる壁を見つめる。そういえば、今アミはいないんだよな……。よからぬ考えが浮かびそうになり、男は自分自身に恐怖を覚えた。それを振り払うように財布を掴み取り、家を出た。

　すっかり夜も更けた頃、男はほろ酔いで帰宅した。

　今日のテレビ収録は大成功だった。アミたちにとって大事な時期の新曲とあって、ファンの間でも注目が集まっていたが、そんな期待や不安をよそに、それはもう素晴らしい出来だった。今までダンスを苦手としていたアミも凄《すさ》まじい努力をしたのだろう。手足の長さを活かしたダンスで観客を魅了していた。その後の大物司会者とのトークも盛り上がり、これは祝杯だと仲間と居酒屋からカラオケへ梯子《はしご》していたので、こんな時間になってしまった。

時計を見ると、二十三時を回っていた。そういえば、アミの部屋に電気はついていただろうか。帰って来た時のことを思い出す。いや、暗かった。息を殺して壁の向こうの様子を窺うが、何の音も聞こえない。

男は急に心配になった。寝ているだけならいいのだが、万一のこともある。一目でいいから姿を見て安心したい。酔っているせいもあって思考が短絡的になる。男は裸足のままベランダに出て、思いきり身を乗り出す。完全に越えてはいけない一線を越えた瞬間だった。

アミの部屋は中が丸見えだった。引っ越したばかりで、まだカーテンがないのだろう。でも、アイドルなんだから気を付けないと。こんな風に中を覗《のぞ》く奴だっているかもしれない。今回は僕だったから良かったものの。アミってこういうところ抜けてるよな、と呆れながらも、目はギョロギョロと動きを止めない。

アミの姿は見えない。やはり、まだ帰っていないようだ。

すると、月明かりで微《かす》かに見えたあるものに目が留まる。それは見覚えのあるぬいぐるみだった。男は酒で鈍った頭を働かせて記憶を辿《たど》り、思い至る。それは、確かアミが以前ブログで紹介していたものだった。昔から大切にしていて、今でもこれがないと眠れない、と書いてあった。どれだけ見た目が大人っぽくなろうと、中身だけはあの頃のままだと笑った記憶がある。そうか、あれがあのぬいぐるみか、と思いがけずテンションが上がる。他にも目を凝らすと、ブログに写り込んでいた本棚や帽子など、男にとって垂涎《すいぜん》ものの品がいくつも確認できた。間違いない。やはり、隣に越して来たのはアミだ。男は文字どおり小躍りした。時間が経つのも忘れるほどに。

そして、しばらくして酔いが覚めてきた頃、急に自己嫌悪の波が男に襲いかかって来た。自分はなんて愚かなことをしてしまったんだ。女の子の部屋を覗くなんて、人間として恥ずべき行為だ、と後悔の念に苛まれる。もう二度とこんなことはしない。今日で絶対終わりにする、と固く心に誓い、アミの部屋の様子を目に焼き付けるため、今まで以上に大きく身を乗り出したのだった。

数時間後、大きなくしゃみの音で、男は目が覚めた。一瞬自分がしたのかと錯覚したが、そうではないようだ。昨日は結局、深夜一時過ぎまでアミは帰って来なかった。さすがに探しに行こうかと玄関を出ようとした時、階段をカンカンと上がってくる音がして、男は慌てて身を潜めた。そもそも、アミが隣に越して来たのが偶然なのか故意なのか判断がつかない状態で、自分の姿を見られるわけにはいかない。とりあえずはアミの出方を窺うしかないと男は結論づけた。

というのは半分建前で、部屋を覗いたことへの後ろめたさで、アミに合わせる顔がないというのが、残り半分の本音でもあった。

それにしても、昨日はあんな時間まで何をしていたのだろう。

アミのブログに目を通す。だが、そういった記述は見当たらない。まぁ、そりゃそうかと思い直し、求人情報サイトを開く。在宅でできる仕事を探すためだ。アミが壁の向こうにいるのに、バイトで家を空けるなど男には考えられなかった。だから、今の仕事は全部やめる。四十時間労働なんて頭のおかしな奴のすることだ、と久しぶりに正常な判断を下した男は、検索欄に適当な条件を打ち込み、気になる仕事に片っ端からアクセスした。

それからしばらくは男にとって夢のような日々だった。壁を隔ててはいるが、手を伸ばせば届く距離にアミがいる。元々同じ間取りな上、先日の覗きでアミの部屋の様子は完璧に頭に入っていた。だから、足音を聞くだけで、今アミが大体部屋のどの辺りにいて何をしているのか、手に取るように分かった。目を閉じると、アミの姿がそこにある。これを同棲《どうせい》と言わずして何と言う。

洗面所からアミの歌声が聞こえてくる。出かける準備をしながら新曲の練習をしている。まだ歌い慣れてないこの感じも逆にいい、なんて思っていると、歌声に混じって床が軋む音がする。

ダンスのステップの練習も同時にしてるのか。器用なやつめ。素直に感心する。

だけど、アミ。練習熱心なのはいいがそんな狭いところで踊ってると何かにぶつかるぞ、と少し抜けているアミに心で注意する。

直後、パリンと何かの割れる音。

ほら、言わんこっちゃない。

別の日には、レジ袋の音とともにドアが開く音がする。

アミ、おかえり。何か買って来たのかい？

アミの部屋の方を振り向く。最近は体調面も気にして自炊をするようになったとブログで見た。すると、甘塩《あまじょ》っぱい匂いがしてくる。

なるほど、今日は手羽先の甘辛煮だな。手羽先の甘辛煮はアミの大好物だからな～、と男の顔がほころぶ。いつか食べさせてもらうのが楽しみだよ。そう言いかけた口に、男は半額で買ったロールパンを放り込む。

また別のある日。男は焦っていた。今日は名古屋で仕事のはずなのに、アミがまだ起きてこない。夜からずっと壁に耳を当てていたから間違いない。だからあれほど夜更かしは良くないって言ったのに……。

この頃になると、男はアミのブログのコメント欄にメッセージを送るようになっていた。服装や私生活、テレビ番組の発言に至るまで、気になることは全て書き連ねた。男はやれやれと目覚ましを鳴らす。すると、壁の向こうでアミがベッドから起き上がる気配がする。

ったく、本当に世話が焼けるんだから。アミは僕がいないと何もできないんだなぁ。

「待ってたよ……」

アミが泣き笑いの顔で僕を見つめる。

僕の手にはハンマー。壁には大きな穴が開いていた。

そうか、最初からこうすればよかったのか。手を伸ばせば、こんなに簡単にアミを抱きしめられたのに……。

と、アミに手を伸ばしかけたところで目が覚める。

男は舌打ちをした。

アミと壁越しの同棲が始まって、八ヵ月。ライブでもアミと目が合う回数は増えていたし、確実に距離は縮まっていて、お互い惹かれあっているのは明白。

それなのに、君は一体何をしているんだい？　アイドルという職業柄、二の足を踏むのは分かる。だけど、そろそろ僕達の関係を進展させないと。僕達には物語を進ませる義務があるんだ。

アミの決心がつくまではと思い、待つ構えでいた男だが、アミの煮えきらない態度にさすがに苛立《いらだ》ちを覚えていた。

何度もチャンスは与えた。僕は歩み寄ったじゃないか。コメントで接触も図ったし、君のブログも穴が開くほど読んだし、いろんなパターンの縦読みを試みたりもした。意味の分からない文章がこの世にいくつも産み落とされたよ。頭がどうにかなるんじゃないかと思った。君の勇気が出ないのなら仕方がない。

だけどね、アミ。決着をつけないと。僕から君に最後のチャンスをあげるよ。

一ヵ月後、男は隣の部屋に小包を出した。アミの公表していない本名『仁《に》科《しな》亜《あ》沙《さ》美《み》』宛に。

小包の中には一本の鍵。

午後一時すぎ、廊下をキュッキュッと歩いてくる音がする。指定した時間どおりだ。

その足音はアミの部屋の前で止まる。

やや間があってから、インターホンが鳴る。男は固唾《かたず》を呑んでアミの反応を待つ。もしこれでダメなら、昔のようにアイドルとファンの関係に戻るまでだ。祈るように待ちながら、この時間が永遠にも感じられた。

アミ、頼む！

すると、サラサラとサインを書く音が聞こえた。

受け取った……！

男は狂喜乱舞した。アミが自分の想いを受け取ってくれたこともそうだが、二人の仲がこれで着実に動き出すことがなにより嬉しかった。この一ヵ月、男はアミと暮らすための部屋を探していた。小包に入れた鍵は、その新居の鍵だった。

幸せにするからね。小さく言った男の声に反応するかのように、アミの嗚咽する声が聞こえてくる。

今すぐにでも行って抱きしめたかった。けれど、男はそうしない。恋人として対面するのは新しい部屋でと決めていたから。

だって、その方がより物語がドラマチックになるだろう？

男は新居でシミュレーションをしていた。これを繰り返すことによって、アミが来るまでに揃《そろ》えられるものは揃えておく算段だ。しかもこれがまた楽しい。奮発して大きなテレビも買った。

アミ、喜ぶといいな。ソファは好みが分かれるだろうから、アミと一緒に買いに行くとして。この物件の一番のポイントはキッチンだ。広くて綺麗なキッチン。やっとアミの作った手羽先の甘辛煮が食べられる。と、想像するだけで男の口腔内は涎《よだれ》で満たされた。自炊するアミのために、鶏も捌《さば》けるという謳《うた》い文句の出刃包丁も買った。

うんうん、いい感じだ。

そして、シミュレーションも一段落した後、男はテレビをつけた。さっき配線を終え、ちゃんと映るかチェックするためだった。

すると、急にアミの写真が画面いっぱいに映る。さきほどまで一緒にいたアミがテレビに出ている。なんだよこれ、と笑いながら見ていた男の顔から、急に笑みが消えた。

『妻子持ちの五十代男性と深夜の六本木デート』。アナウンサーが見出しを読み上げた。その番組はお昼にやっているワイドショーだった。そこに映るタレントたちがニヤニヤしながら下世話なトークを繰り広げている。

なんだよ、これ。

六本木デート……？

うそだろ？

ふざけるなよ、アミ。

君はそんな凡庸なアイドルだったのか？

違うだろ！

この物語にそんな安っぽい展開を持ち込まないでくれ。

僕はこんな物語が読みたかったんじゃない。

僕が人生をかけて読みたいと思った物語を、こんなつまらない結末なんかにして。

アミ、君には虫唾が走るよ。

あっ！　そうだ、いいことを思いついた。僕がアミの物語を終わらせてあげよう。

うん、それがいい。そうしよう。

あっ！　そうか。そうだったのか。僕はてっきり自分がアミの物語の登場人物なんだと勝手に思い込んでいた。

だけど、違ったんだね。僕は作者だったんだ。なんだ、それならそうと早く言ってくれればいいのに。

じゃあ、とびっきり素敵な物語に僕がしてあげる。

アミの部屋の前に立ち、男はインターホンを押す。

穏やかな笑みを浮かべ、手にはアミのために買った出刃包丁。

扉の向こうでアミが返事をする。

さぁ、これで終わりだ。

アミの部屋の扉がゆっくり開いた。


「待ってたよ～！」

そこにはアミの声をした、アミとは似ても似つかない汚い笑顔の女が立っていた。

お前は、誰だ。


――話は一年前に遡る――

「待ってたよぉ。待ってたのにぃ！」

女は焦っていた。

これで何度目だ。届いたメールには、オーディションに落ちた旨がたった一行書かれているだけだった。

また落ちた。またダメだった。

女は芸歴九年目のモノマネ芸人だ。メールの冷たい文面を見つめながら、女は胸が張り裂けそうだった。

小さい頃から、女は褒められることがほとんどと言っていいほどなかった。勉強もダメ。スポーツもダメ。器量も悪いときていた。ただ唯一、女が持って生まれたもの。それは人をマネる才能だけであった。身近な人から有名人に至るまで、ただマネをするだけでみんなが笑ってくれた。モノマネをしている間だけは、みんなが私のことを見てくれる。女にとって、それは至上の喜びであり、いつしか、モノマネをすることは生きることと同等の意味を持つようになっていた。だから、女は卒業後の進路も一切迷うことはなかったし、自分がモノマネ芸人になるために生まれてきたのだと信じて疑わなかった。

そして八年ほど前、高校の卒業式の日、満を持して女は上京した。

見てろよ、これからは私の時代だ。全てを手に入れてやる。不安など微塵もなく、自信しかなかった。成功する未来しか見えなかった。

だが、すぐに、女の鼻はへし折られることになる。それも形がなくなるほど粉々に。

上京して何度目かのオーディションのネタ中、談笑を始めたスタッフがいた。女は悔しくて涙が出そうになるのを我慢しながら、アドバイスを求めた。すると、そのスタッフはこう言った。


　いやいや似てるのは分かったからさ、他に特技とかないわけ？

　それか実家が貧乏とか、昔こんな辛いことありましたよとかさ、お涙頂戴みたいなそういうの。

　もっとモノマネ以外のこと頑張った方がいいよ。


残酷なことに、東京という街は女をいとも簡単に否定した。

けれど、女も最初は抗いもがいた。もっと腕を磨けば絶対に認めてくれる人はいる。自分の才能に胡座《あぐら》をかかず、モノマネの対象を研究したり、ショーパブに頭を下げて出させてもらい先輩のワザを盗もうとしたり、出来ることは何でもやった。

けれど、そんな努力も虚《むな》しく八年間でテレビに出られたのは、たった一回。それも大人数の中の一人で、ほんの数秒見切れるだけだった。

そして、決定的に女を惨めにしたものがあった。

それは七年後輩の存在。その子は現役女子大生という触れ込みで華々しくデビューを果たし、レパートリーは百を超えると豪語した。それからすぐにモノマネ界に現れた超新星として、テレビで引っ張りだこのモノマネタレントになった。

だが、女が絶望したのは、その子のモノマネの腕に太刀打ちできないと白旗をあげたからではない。逆だ。あまりにも酷《ひど》い出来だったから。百のレパートリーの内の殆《ほとん》どがお粗末なものだったにも拘らず、テレビがそれを良しとし、持て囃《はや》していることに、失望したからである。

女は、モノマネとどう向き合えばいいのか、もう分からなくなっていた。潮時かな、と女は力なく笑う。もし次がダメだったら、この世界から足を洗おう。そう心に誓い、東京の街を当てもなく彷徨《さまよ》い歩いた。

それから程なくして、女はあるアイドルのライブを見に来ていた。特段好きというわけではなかったが、たまたま見ていた朝の情報番組で、ネクストブレイクが確実視されているアイドルグループとして紹介されていたのだ。アナウンサーによると、一枚の写真から人気に火がついたのだという。はいはい結局顔ですか、と冷ややかに見ていたものの、なぜか気になった。今から出てくるというのも、まだ誰にも手が付けられていないということ。微かに金脈の香りがした。だから、下心もあって、このライブ参戦を決めたのだ。

女は客席を見渡す。

やはり男のファンが多いのか。そんなことを思っていると、ふいに辺りが暗くなり音楽が大きくなっていく。観客の熱もそれに応えるように、どんどんと高まり最高潮に達した。

その子は、突然目の前に現れた。

運命の出会いだった。女は、一際異彩を放っているその子から一瞬たりとも目が離せず、その歌声にどうしようもなく焦がれた。

それがアミだった。主人公だ、と思った。そして口をついて出た言葉。この子になりたい……。女は純粋にそう思っていた。

ライブが終わり夢見心地の中、女が出口に向かって歩いていると、なぜか二人の男が抱き合って泣いていた。色違いの法被を着た、いい歳をした男たちが、互いの法被で鼻水を拭い合っている。滑稽でもあり地獄絵図でもあるその光景に、女は急に現実に引き戻された。

そこでふと、その法被の年季の入り具合が気になった。特にアミのメンバーカラーである赤い法被を着た男。近くにいたファンに話を聞くと、その男は活動初期からアミの歌声に惚《ほ》れ込み、アミに人生を捧げた、ファンの間ではレジェンド的な存在なのだという。女はその男を一《いち》瞥《べつ》して、会場を後にした。

その日から女はアミのことを徹底的に調べ始めた。身長や体重、口癖や出身、家族構成に至るまで。とにかく情報を漁《あさ》った。アミに近づくためには情報はあればあるだけいい。アミのブログやインタビューにも片っ端から目を通し、自分の中にアミという人間を立体的に形作っていく。

そして、ある程度まで来たら、いよいよモノマネだ。動画を見て、喋っている時と歌っている時、それぞれの声の違いを細部まで聞きこみ、同じ声が出せるようになるまで練習をする。と言ったところで、普通の人間にはマネなどできない芸当なのだが、やはり女には才能があった。女は特に耳がよく、ちょっとした声色の違いを聞きわけ、自由自在に操ることができた。そして数週間後、女はアミの声を出せるようになっていた。

朝、目が覚める。

おはよう、と言ってみる。おはようと、自分の喉からアミの声がする。女は嬉しくなって、またすぐに言う。みんな今日は私のために集まってくれてありがとう！　またアミの声がする。なんて可愛くて魅力的な声なんだろう。気分の良くなった女は歌を歌う。もちろん、アミたちの曲だ。特に活動初期のある曲がお気に入りで、その曲はアミの歌声にぴったりだった。

アミの歌声に惚れ惚れしながら気持ちよく歌っていると、ふいにメールが届く。その文面を見て、女はため息をついた。それはマネージャーからで、しばらくはオーディションがないという主旨のメールだった。女はもう一度ため息をつく。せっかくアミの声が出せるようになったのに。

女は誰かにこの声を聞かせたくて仕方がなくなっていた。まぁ、でも最初に聞かせるのはちゃんとした人がいいんだけど。

そんな女の脳裏に浮かんだのは、なぜか、ライブ会場で見た、赤い法被の男だった。そして、ある考えが頭を掠《かす》める。アミの声に人生を捧げたあの男ならば、アミの声を聞き違えるわけなどない。ということは、もし、あの男にこの声をアミだと思わせることができたら……。

暫《しばら》く考えてから、女はいたずらっぽく笑った。

赤い法被の男がドタドタ階段を上がっていく。

ここが男の家か。古くてみすぼらしいアパート。女はライブ会場で待ち伏せをして、ここまで男をつけてきた。これが私の次の住処《すみか》か。もう一度アパートを見上げ、少しだけ気が萎える。腕を試したいからといって、果たしてここまでする必要があるのだろうか。気持ちが折れそうになるのを寸前で奮い立たせる。

女にとってこの挑戦はラストチャンスだった。これでダメなら、地元に帰ろう、そう決めていた。けれど、自信はある。それに、うまく行けば何かすごいことになる確信めいた予感もあった。絶対にあの男を欺いてやる。これはモノマネ芸人としての女の八年間をかけた、一世一代の大勝負だった。

二階には男以外入居者がいなかったので、隣の部屋は簡単に借りることができた。女は荷物を解く。中からぬいぐるみや本、帽子など馴染みのないものが次から次へと出てくる。これらは全てアミのブログに登場した物だった。引っ越してくる前、女は出来る限り、これらを調達し、代わりに自らの持ち物は全て処分した。カーテンも買いたかったのだが、いくら探してもブログに載っていなかった。

女はとにかく徹底していた。

ただ一つだけ、玄関にポツンと置かれた赤いピンヒール。これだけはブログに登場していない。身長が一六〇センチ後半のアミに対して、女は一五〇センチちょっとしかなかった。女はそれがどうしても許せなかった。そんなのはアミじゃない。

赤いピンヒールは、これからアミとして生きていく女にとって、命と全く同じであった。

女は訝《いぶか》しんでいる。男が四十時間近く帰ってこない。アミたちのライブはないはずなのに。

そんなことを考えていると、ドタドタと重い足取りで廊下を歩いてくる音が聞こえた。やっと帰ってきたようだ。と、急に女の心臓の鼓動が速くなる。

そうだ、ここからが本番なんだ。練習してきたことを思い出す。

大丈夫、私なら出来る。そう自分に言い聞かせ、何度か深呼吸をする。そして意を決してからの第一声。

やばい、緊張で声が小さくなった。でも、構わずに続ける。何かを考えている余裕などなかった。一度走り出したが最後、ゴールに向かって突き進むしかなかった。

額に汗が滲む。あれ、まだかな。気が遠くなりそうになるのを必死に堪えながら、気づいた時にはすでに歌い切っていた。

どうだ、どうだったんだ？

あれほど練習したアミの歌声。心臓の音が五月蠅《うるさ》い。静かにしてくれと苛立ちながら、壁の向こうの男の反応を窺う。

熱を帯びているのを感じた。男の鼻息が荒い。壁を通して男の興奮が伝わってくるようだった。女は思わずガッツポーズをした。

女は朝から家を出た。特に用事はなかったが、ネットの掲示板を覗くと、今日アミたちは新曲のプロモーションで歌番組に出るらしい。相手は筋金入りのファンである。絶対にこの収録のことは把握してるはず。だから、仕事でいるはずのないアミが隣の部屋にいるわけにはいかなかった。女は適当に駅前の方に歩きながら、もっとアミのことを知るにはどうしたらいいかと考えていた。

二十三時過ぎ、女が疲れた様子で駅からアパートへの道を歩いている。今日はかなりハードな一日だった。女は色々考えた結果、結局自分もテレビ局へ向かうことにした。そして、アミが出てきたところを尾行し、アミの家を特定してきたのだった。女は疲労感の中にも心地よい達成感を感じていた。

それにしても、アミってプライベートはあんな感じなのね、と物思いに耽《ふけ》りながら歩いていると、アパートのベランダが見えてきた。

女は悲鳴を上げそうになった。男が自分の部屋を覗いている。だが、体が硬直して動けない。しばらく為す術なく見ていると、どうやら男は酔っ払っているようで、何かブツブツと独り言を言っている。そうだ警察に電話、と一一〇番しようとするが、女は突然思い直す。だって、これはまさしく、あの男が私のことをアミだと思っている証拠なのだから。

ゾクゾクした。脳から出た快楽物質があっという間に全身に行き渡ったかのような、至上の快感。女は恍惚《こうこつ》の表情を浮かべていた。そして、改めて男を見る。そんな間抜けな格好で、そんな狂ったように身を乗り出して、なんと哀れで卑しい生き物。けれど、たまらなく愛おしい。そこまでして私を求めるか。女は今まで感じたことのない愉悦に浸った。

体温計が毛布の中で鳴る。三十七度九分。結局昨日は二時間近くあの男の奇行を見ていた。間抜けだったなぁ、と思い出し笑いをする。けれど、どこか寂しさも感じている。あんなに必死に求められたことが、女には未だかつてなかった。そのことが素直に嬉しかった。けれど、あの男が本当に求めていたのはアミなんだという事実が、女を傷つける。女は気づかないうちに、アミに似ている、ということだけでは満足できなくなっていた。どうして私はアミじゃないんだろう？　不意に浮かんだその疑問で頭がいっぱいになる。女は悶々《もんもん》と考え続けた。

そして、突如としてある結論に思い至る。

そうか、アミのマネをするんじゃない。私がアミになればいいんだ。そのことに気づいた時、急に心の靄《もや》が晴れた。

そうか、私はアミなんだ。

誰かが私の名前を呼んでいる。それも一人や二人じゃない。もっと多くの人。急にライトで照らされて、ステージの真ん中に立つ私。他のメンバーもいるけれど、観客は私しか見ていない。アミ、アミって、みんなが手を伸ばしてくる。その手を摑もうとした時、目が覚めた。なんだ、夢か。ベッドから起き上がる。すると、壁のすぐそこに気配を感じる。ファンの男が隣の部屋で私の一挙手一投足を心待ちにしている。今も壁に耳を当てて息を殺している。その姿を想像すると、たまらなかった。

そうだ、新曲の練習しなくっちゃ。やっぱりいい歌。私のために作られた歌。あれ、そういえばここの振り付けってどうだっけ。手はこうで、えっと足はどうするんだっけ。あぁ、そう。こうだった、こうだった。うん、とってもいい感じ。

その時、ふと目に入った鏡に、汚い笑顔の女が映っていた。

女の顔が醜く歪む。

せっかく気分よくやってたのに。邪魔をしないで！

鏡がパリンと割れた。

女は激昂していた。声や仕草は努力すれば手に入る。だけど、顔だけはどうしたってアミにはなれない。

女は家中の鏡を捨てた。

「待ってたよ……」

あまりの衝撃に女は膝から崩れ落ちた。それは、ゴールデンタイムに放送されるモノマネ番組に合格したというマネージャーからの電話だった。初めて東京で認められた。けれど、あれほど切望したテレビ出演にも拘らず、女の表情は晴れなかった。

原因は分かっている。もちろん、オーディションにはアミで参加した。けれど、それに受かったということは、アミの『モノマネ』が認められたのであって、アミだと認められたわけではない。そのことに女自身引っかかっていたのだ。一度でもテレビに出てしまったら、自分で自分をアミでないと認めてしまうことになる。そして、女は最後のチャンスを自ら棒に振った。

ある日、インターホンが鳴る。

出ると、配達員が立っていた。小包を抱えている。その配達員は、仁科亜沙美さんでお間違いないですか、と言った。

はい、と答えて、私はサインをする。小包を受け取り、配達員にお礼を言ってドアを閉める。涙が溢れてきた。小包が、私が『仁科亜沙美』であることを証明している。涙で滲む宛名を何度も何度も慈しむように指でなぞった。いつの間にか嗚咽するほど泣いていた。

ある日、天気がよかったので駅前の小さな本屋さんに寄ったら、私が表紙になっている雑誌が平積みされていた。

こんな撮影したかな、と眺めていたら、通りかかった女子高生たちが、この子可愛いよね。

私ファンなんだ、と楽しそうにお喋りしている。たまにはファンサービスでもしてあげようかな、と女子高生たちの前に立つ。そして、マスクを外し笑顔を向ける。すると、女子高生たちは忌まわしげに私を睨み付けてどこかへ行ってしまった。

なるほど、と思う。この世にアミが二人もいるからいけないんだな。だったら、あっちのアミはいらないな〜。

その夜、尾行した時に撮っておいたアミのプライベート写真をマスコミに片っ端から送りつけた。

「待ってたよ〜！」

玄関のドアを開ける。男が立っていた。この瞬間が来るのをずっと心待ちにしていた。そうだよ、私がアミだよ！　男の大好きな声で言う。すると、男はあんぐりと口を開けたまま動かなくなってしまった。

うわぁ、至近距離だとなかなかきついな。でも、我慢我慢。私はアイドルなんだから。男の手に出刃包丁が握られているのを見て、ニヤけそうになるのを必死で我慢する。そうだよね、アミとしてちゃんと謝らなきゃだもんね。

口を開きかけた時、男が訳の分からないことを叫び始めた。

*

「待ってたよーん♡」

高級ホテルの高層階、バスローブ姿のアミが出迎える。今日の相手はどこかの企業の偉い人。もちろん、この部屋の料金はパパ持ち。アミは白髪混じりのパパの腕に手を絡ませ、いつものように、とびっきり甘えた声で男を惑わす。

その頃、隣の部屋では、凄惨な事件のニュースがテレビから流れていた。

今日の夕方過ぎ、男女が激しく言い争う声が聞こえると近隣住民からの通報で警察が駆けつけたところ、無職・天童《てんどう》茂《しげる》さん（51）がアパートの一室で意識のない状態で倒れているのが発見され、その場で死亡が確認されました。警察は現場にいた、自称アイドル・犬石《いぬいし》あずみ容疑者（31）に話を聞き、犯行を認めたため、犬石容疑者を緊急逮捕しました。犬石容疑者は調べに対し、『私はアミなのにあの男が否定するから』と、繰り返し供述しているとのことです。

あ、そしてたった今、新しい情報が入って来ました。警察の発表によると、被害者の男性は目を一突きにされており、凶器は現場に落ちていた赤いピンヒールとのことです。

イルオ　ぴろ

男の名前は高橋《たかはし》大成《たいせい》。

そこそこ名のある企業に勤める会社員だ。

男は今日も、忙《せわ》しなく動くオフィスの窓際に確かに腰をかけ、確かに自分で入れたコーヒーを口に運んでいる。オフィス中には確かに様々な声が飛び交い、確かに誰かが誰かの名前を呼んでいる。

確かな世界がここにはあった。

しかし、繰り返されるその確かな世界の中心で、男にはただ一つ、確かに分かっていることがあった。

この会社に男はいない。

ここに、彼はいないのだ。

いない彼は定時に帰る。

いないまま改札を通り抜け、電車に乗り、家の最寄りの駅で降り、いないままコンビニに寄り、いないまま玄関の鍵を開ける。

そして今、いない彼の確かな一日が音も無く終わろうとしていた。


ガチャン!!

確かな音を立てて玄関の扉が閉まる。


さてと!　少し僕の生活を紹介しようか。

僕の名前はイルオ。このシロガワの王国の王様だ。まぁ王様といってもそんな裕福というわけではないから、今夜も僕の晩御飯は、さっきコンビニで買ってきたカンタンチュルチュルとシットリモサモサラダだ。僕はこの組み合わせが好きで、晩御飯はよくこれで済ませる。まずはユーフォーミーでお湯を沸かし、待っている間にシットリモサモサラダをタベタイラに盛り付ける。そしてその……。


え?　あぁ、そうか、ごめんね、まずはそこから説明しなくちゃいけないか。

そうだな、例えばそう、このギュットメル。これは元々はホッチキスと呼ばれていた物なんだ。ギュッ！　と止めてくれるからギュットメル。いいだろ？

そしてさっき言ったカンタンチュルチュルってのは、外の世界ではカップラーメンと呼ばれている物で、シットリモサモサラダはポテトサラダ。

ユーフォーミーってのは、まぁ、大体分かるよね。

つまりそう、僕はこの部屋にある物全てに新しく名前を付けて生活しているんだ。この部屋にある物全てに新しく〝僕だけが呼ぶ名前〟を付けることで、僕はこの部屋を支配している。

この部屋は、この世界にあって唯一の僕の王国。そして、この王国にも僕は〝シロガワ〟という名前を付けている。

何故そんな生活をしてるのか？

んー、そうだな、君は思ったことは無いかい？　僕らは皆、名前によって支配されているんだ。

名前。

そう、大切なのはこの〝名前を呼ぶ〟という行為なんだ。

そもそも名前とは、〝呼ぶ人〟がいて初めて意味があるものだ。この世界に自分しかいないならば、名前なんてものに意味は無い。

僕らは自分の名前を持っていて、そして〝自分の名前〟という居場所にいるんだ。ただ一人、孤独に、ずっとそこにいる。

名前を呼んでくれる人がいるということは、その自分の居場所を認知してくれる人がいるということ。

名前を呼んでくれる人がいないということは、それは、自分が誰の目の前にも存在していないのと同じなんだ。

名前とは、自分という存在の座標。

僕らは、名前というものにより、〝呼ばれなければ存在出来ない〟という厄介な定めを背負って、人生を漂っているんだ。

もう分かるだろう？　全ての物は、呼ばれることで存在出来る。ということは、逆に言えば〝名前を呼ぶ〟という行為は、その物をそこに存在させる行為であり、神のするような行為なんだ。

この部屋にある全ての物は、僕が与えた名前によってここに存在出来ている。僕によってしかその名前を呼ばれず、僕によってしか存在出来ない。ここには僕より上はいない。つまり、僕はそれらをここに〝存在させる存在〟として確かに〝ここにいる〟んだ。

そう、たとえ僕が外の世界のどこにもいなくてもね。

要するに、僕は僕が絶対的に〝呼ぶ立場〟の世界をここに作り上げることで、呼ばれずしてここに存在する方法を見つけ出したんだ。

そして、僕はあえてこの王国での自分にイルオという名前を付けた。それは決して〝呼ばれることの無い名前〟。でも、それでいいんだ。僕はここにいる。イルオとは、それを僕自身が確認する為の座標なんだ。

これが外の世界で高橋大成と名乗っている男の真の生活だ。なんとなく分かってくれればいい。僕は楽しく暮らしてるさ。

そして男は先程のカップラーメンにお湯を注いだ後、静かに三分待ち、静かに食事を済ませた。この小さな部屋の中で、男の人生は上手く回っていた。それは絶妙なバランスを保ちながら、安定した軌道でこの宇宙を漂っているようだった。

そして、仕事の疲れからか、男は気が付いたら眠っていた。

「……大成？　……大成？」

翌日。いつものように忙しなく動くオフィスの窓際で、いつものように男はコーヒーを口に運んでいた。男の名前を呼ぶ者はいない。男は今日もここにはいなかった。

それでいい。それでいいはずの男ではあったが、そんな男にも一つだけ小さなストレスがあった。それは、この世界にいないはずの男にも、この世界での名前はちゃんとあるということだった。もちろん当たり前のことではあったが、高橋大成、つまりはそれがストレスの元凶だった。

名前さえ無ければもっと楽だったかもしれない。しかし、名前があることで、本当は無意識下に収めておきたい「呼ばれない」という事実、いないという意識が常に消えることは無かったのだ。それは少しだけピリッとする、微弱電流程のストレスではあったが、外の世界にいる間はこれが常に付き纏《まと》っていた。

男はその小さな苛立《いらだ》ちを撥《は》ね除《の》けるかのように、たまにわざとオフィスを見渡した。

コピー機の前で楽しそうに呑《の》みに行く約束をしている二人。

上司の冗談に手を叩いて笑う同僚。

お茶を頼まれる女性社員。

男にとっては、全てがくだらなく、取るに足らない風景だった。男は見渡す度に思った、彼らは自分に選ばれていない世界に暮らす人々だと。そんな優越感にも似た感情に浸り、再びコーヒーを口に運ぶのだった。まるでお城から庶民を見下ろす王様のような表情で。

この日、男は少し早めに会社を後にした。かかりつけの病院に寄り、持病の偏頭痛の薬を受け取る為だった。

「高橋さん」

そう呼ばれると男は黙って待合室のソファーから立ち上がり、診察室へ入る。しばらくすると出てきて、薬を受け取って病院を出るのだった。

この時、確かに待合室では名前を呼ばれたが、それは男の言っている〝呼ばれる〟ではなかった。男が言っているのは、そういう、ただ呼ぶ声ではなかった。言うまでもなく、ここにも男はいなかった。

その後、いつものコンビニに寄り、商品棚を見て回った。

「んーどうしようかな。またカンタンチュルチュルかな？　いや、今日はナガグツマキマキか？　んー」

男は独り言が多かった。そのことに男は気付いてもいなかった。

「よし、ナガグツマキマキにしよう」

男がそう呟《つぶや》きミートソーススパゲティを手に取った時だった。

男は隣に何か気配を感じた。

「それ、美味《おい》しいですよね」

それは明らかに男に向けられた声だった。

「ん？」

男が見ると、そこには一人の女性が立っていた。目は合っているが、彼女の前にも自分はいないことが、男は分かっていた。

「私もここのコンビニのパスタ好きなんですよね」

「ああ、そうなんですね」

店員すら話しかけてこないコンビニで、しかも女性に話しかけられたことに驚きながらも、男はいかにも冷静そうに応答していた。

「なんかね、生パスタっていうんですか？　このカルボナーラ、すごいモチモチしてるんですよ」

「へぇ、そうなんですね」

男がその女性の持つカゴを覗《のぞ》くと、そこには温泉卵が載ったカルボナーラと缶ビールが二本入っていた。

「食べたことあります？」

「いえ、ここのは無いかもしれないです」

「今度是非食べてみてくださいね」

「モチモチか……」

「え？」

「いえ、何でもありません」

そう言うと、男は黙って手に持っていたミートソーススパゲティを商品棚に戻し、温泉卵が載ったカルボナーラを手に取った。そして、これはナガグツモチモチマキマキだな。そう心の中で呟いた。


「鈴《すず》木《き》です。鈴木ひかり」

「え？　高橋、高橋大成です」


何故かフルネームで名乗られたので、思わず反射的に自分もフルネームで名乗っていた。何故フルネームで名乗ってきたのか、そもそも何故名乗ってきたのか、不思議ではあったが、それよりも、男は自分の名前を久しぶりに声に出して言ったと思った。気持ち悪くて、変な感じだった。

名乗ったことに、それほど意味は無かった。感覚的には、名乗りはしたが、名乗っただけだった。

しかし、強いて言うならば、その女性はとても男のタイプの顔だった。ものすごくタイプだった。顔が好きだった。それは、そうだった。


「いい夕飯を、ではまた」

「また」


彼女との会話はそれだけだった。

男が「また」と言ったことにも意味は無く、ただ会話の終わりの句点のような感覚だった。

それからも何度かそのコンビニで彼女を見かけたが、「どうも」くらいの会話にもならない会釈しかしなかった。名乗っただけだったのは向こうも同じだったのだろう。相変わらずいつ見ても顔がタイプだったが、いない男の人生には、誰が関わろうと、所詮はその人もいないのだと思った。

それでも、あれからの晩御飯にナガグツモチモチマキマキを選ぶ日は何度かあった。

ある朝起きると、ひどい偏頭痛に襲われた。いつものことと言えばそうだったが、今回のは中々しんどかった。立ち上がると吐き気がして、すぐにベッドに戻った。たまにあるひどい日だった。

会社に休みをもらい、ひたすらベッドに横になった。それでもやはり男にとって、ただの偏頭痛ではあった。

「ゲンキツブ……ゲンキツブ……」

男はそう言うと、眉間に皺《しわ》を寄せながら鞄《かばん》を漁《あさ》り、そこにあった頭痛薬を喉奥に流し込んだ。

男は頭を押さえてベッドに横になりながら、苦痛の中にまだ薄《うっす》らと残った細い思考回路の中で、いつか来る、ひょっとしたら明日来るかもしれない、自分が本当にどこにもいなくなる時のことを考えた。

一瞬、得体の知れない不安に襲われ、さっきよりも深く眉間に皺を寄せた。シロガワの空気が淀《よど》んで、今にもクロガワの世界がそこに流れ込んで来そうな気配がした。

誰でも弱った時にはこういう考えを巡らせてしまうものだった。

良くない。そう思ってなるべく楽しいことを考えようとした。

遥《はる》か昔、男には夢があった。

およそ察しの通り、男の人生は〝名前を呼ばれない人生〟ではあったが、それ故に、その人生と戦っていた時期があった。

中学、高校と、男はギターで曲を書いていたのだ。学校から帰ると、部屋で一人、黙々とルーズリーフに歌詞やコード進行を書き、デモテープを作ったりしていた。それはもちろんオリジナルの、男だけの曲だった。

自信はあった。恥ずかし過ぎて誰に聴かせるわけでもなかったが、レコード会社に送ったりはしていた。選ばれる自信はあった。

しかし、それは一度も選ばれることは無かった。

男にとって名前を呼ばれるとは、何かに選ばれることだった。なんてことない、男はただの存在したがりだった。ただの在りたがり。

その後、他人と同じように進んだ大学では、周りにバンドを組んで楽しんでいる者達が沢山いたが、その時にはもう、静かに王様の表情になっていたのだった。

「大成くんは、頭の回転が速いよね」

それは男がまだ幼稚園に通っていた頃、何気無く友達と話していた時に、後ろから先生が言った言葉だった。厳しくて優しい先生だった。美人というわけではなかったが、魅力的な先生だった。男は何故今更こんなことを思い出したのかよく分からなかったが、思い出すことを拒絶はしなかった。

「大成くん、すごいね」

工作の時間、紙粘土でスペースシャトルを作った時にその先生から言われた言葉だった。分かっている。先生はみんなにそういうことを言うものだ。実際、周りにはもっと精巧なロボットや、自分よりもリアルなスペースシャトルを作っている者もいた。

それでも、あの頃、男はそこにいる気がしていた。

「……大成？　……大成？」

それはたまに思い出す母親の声だった。〝大成〟とは、母親が付けた名前だった。

思えば、言うまでもなく、誰も一人ではこの世に生まれて来ない。例えば、物には全て名前がある。何故なら、物はまず誰かの中に〝必要〟があって、その〝必要〟から生まれてくるものだからだ。

そして、名前とは基本的には自分以外の誰かから付けられたものだ。多くの人にとってそれは親であったりするかもしれない。その人が自分のことを呼ぶために名前を付けたのだ。つまり〝名前がある〟ということは、それだけで既に最初から〝必要〟があった証拠なのかもしれない。

　生まれた時、そこにも確かに男はいたのだ。

　男はベッドから、薄暗いシロガワの王国の空を見上げながら、まだ少し眉間に皺を寄せていた。

「……大成？　……大成？」

　それは中学生くらいの頃に偏頭痛で寝込んでいた母親が、濡《ぬ》れたタオルで頭を押さえながら自分を呼んだ時の声だった。弱った時は、普段その心の底にある無音の感情が音量を上げてくるものなのだ。続けて母親は言った。

「お母さんはいつ死ぬか分からないから、言える時に言っておくね、お母さんは大成を産んで、育てて、幸せだったからね」

　男はその時、頭痛くらいで大袈裟《おおげさ》だし、恥ずかしいことを言うなとは思ったが、表情は変えず、ただ真正面からその言葉を受け止めていた。

偏頭痛は母親からの遺伝だった。

男は相変わらずまだ痛むこめかみや頭頂部を指で押さえながら思った。

結局、どれだけ他人から自分を遠ざけてみても、どれだけ自分で自分の存在をコントロールしても、自分に起こる全てのことが、自分だけの要素で成り立っているわけでは無かった。自覚こそなくても、どこまでも人の人生に面していた。


男はとっくの昔から分かっていた。大切なのは、人なのだと。

人は皆、どんなに足掻《あが》こうと、自分一人では自分の存在を証明できない。自分以外の誰かの存在によってしか、存在は出来ない。いくら物に新しく名前を付けようと、その物の存在を独り占めしようと、自分の存在を証明してくれるのはいつだって、人なのだ。物ではないのだ。

必要なのは、〝人〟の呼ぶ声だった。

待っていたのは、ずっと、人の声だった。

男は、そんなこと最初から分かっていることだと思っていたが、分かっていると思っていただけだった気がした。


「なんなんだ……」

　男は相変わらずベッドから、薄暗い部屋の天井を見ながら呟いた。その感情がどういう言葉に当たるのかは分からなかったが、ただの偏頭痛が、こんなにも痛くて愛しく思えたことは無かった。そして相変わらずまた眉間に皺を寄せた。

　夕方、薬の効果で少し元気になると、いつものコンビニへ向かった。やけに喉が渇いていた。甘い炭酸の何かが飲みたいと思った。お腹も空いていた。
　コンビニへ向かう途中、今日の道は何だか明るい気がしていた。男はいつだって偏頭痛が治まってきた時が一番楽しかった。病んでいる時は心が暗くなるが、その反動で、治ると明るくなる気がしたのだ。マイナスがゼロに戻っているだけなのに、そのお得な錯覚が男は好きだった。クロガワの空はもう暗くなりかけていた。心とかそういうものとは関係無く、ただ夜が近づいていた。

「大成さん？　大成さん？」
　色んな余韻の中、男がぼんやりとパスタのコーナーの前で立ち尽くしていると、声がした。

「あ、え？」

「見てください、このパスタ新商品ですね」

「えっと……ひかり、さん？」

「え？　あぁ、名前覚えてくれてたんですね」

彼女は笑っていたが、男は驚いていた。不意をつかれたこと、名前を呼ばれたこと、そして自分が彼女の名前をまだ覚えていたことにも驚いていた。笑っている顔は、相変わらずタイプだった。

その笑顔を見ながら、男はふと考えた。

あの日、何故彼女は僕に話しかけたのだろう。何故僕に名前を名乗ったのだろう。そんな大した理由なんて無いのかもしれない。たまたまだったのかもしれない。しかし、たとえ僕じゃなくてもよかったとしても、僕を選んだんだ。ただその事実だけがなんだか温かかった。そう思えた。

そして、男は、よく分からないが、こっちのセリフだと思った。

僕の名前、覚えてくれてたんだ。

名乗ったが、呼ばれることは無いと思っていた名前。あれから何度か出会《でくわ》したが、呼ばれることも無かったから、呼ばれて初めて気が付いた。呼ばれるまでいないと思っていた。しかし、あの日から彼女の中に、僕はちゃんといたのか。そう思った。

「それ、美味しいですよ」

男は少しだけ笑顔で、彼女に向かって言った。

「え？　もう食べたんですか？」
「あ、はい、こないだ……」
「そうなんですね、じゃあ買ってみようかな……」

何でもない会話をしながら、男は遥か昔には何度か感じたことがある感覚を、今改めて感じていた。

名前を呼ばれる前と後では、自分の存在の濃度がまるで違うのだった。男は、今まさに、脳みそにようやく血が巡っているような気がした。

そして、更に男は生まれて初めて感じていた。名前を呼ばれる、ただそれだけのことがどれほど有難くて嬉しいことか。どれほど贅沢《ぜいたく》なことか。何気無いこと過ぎて考えたことも無かった。それを考えたことも無かったということにすら今気が付いて、驚いていた。

男は、今まで自分が大きな勘違いをしていたことを悟った。

コンビニから出て二十メートルほど一緒に歩き、特に話が弾んだわけでもなかったが、悪い気分ではなかった。彼女も別にそんなことには拘《こだわ》っていなかった。

偏頭痛は完全に治まっていた。この瞬間が、男は本当に好きだった。

そして、分かれ道で別れて一人になると、男は昔自分で作った曲を、覚えている分だけ、全部歌った。誰かとすれ違う時だけ声を落とした。歌詞もメロディーも、意外と完璧に覚えていた。特に誰に聴かせるわけでもないが、とてもいい曲達だと思った。

その夜、男は一人でめちゃくちゃお酒を飲んだ。呆れるほど飲んで、気持ち悪いほど一人で笑っていた。たとえ飲み過ぎて今日の記憶が無くなってしまったとしても、きっと大丈夫だった。

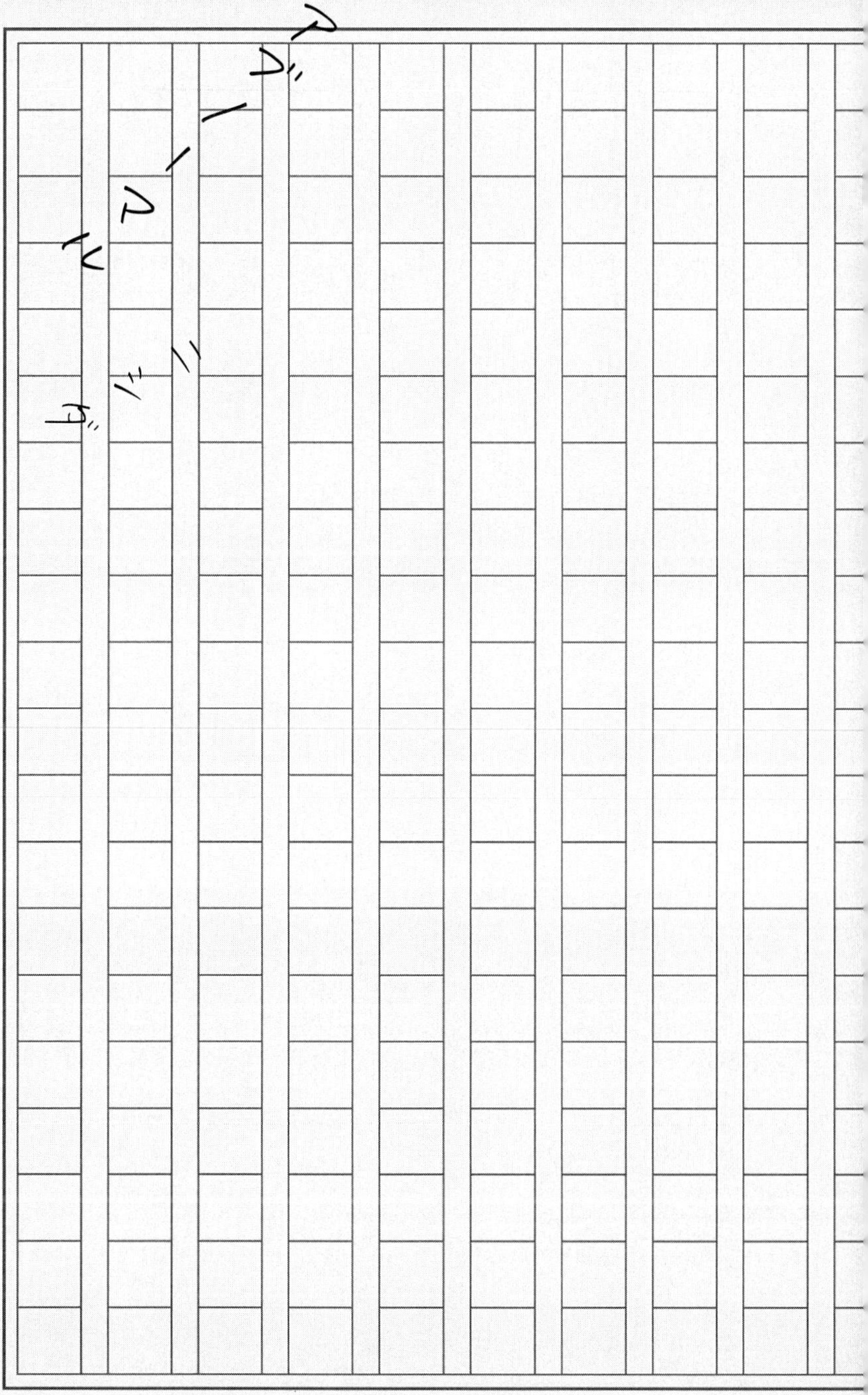

これをコンビ愛と呼べるのか　サンマリノから考えるコンビの関係

2022年7月19日 00:08

七月十四日（木）放送『２０２２上半期ブレイク芸能人勢揃い!!　ドッキリ適性調査』録画にて視聴。ラテ欄を見たときから、この番組はどちらに転ぶのだろうかと期待半分不安半分と感じていた。今年の上半期ブレイクタレントに昨今のバラエティーではあまり見なくなったようなドッキリを仕掛け適性を見る三時間特番。よく言えば古典的、悪く言えば古臭いドッキリ（私自身は古い人間であって肌に合うといえば合うのだが）ばかり。けれど痛みを伴うなんとやらに関するお達しのせいなのか、熱湯やカラシ、ワサビなどを使用したお馴染みのドッキリは終始出てこず。○○年代のテレビ大好きの私からすれば、少し寂しいものも感じつつ。今やテレビでは見ない日はないと言っても大袈裟ではない、飛ぶ鳥を落とす勢いのしぽぽちゃんへのドッキリがブーブークッションだったのがなんともお粗末。それであればカラシやらワサビが見たかったなぁ…なんて（笑）。製作陣に演出の意図を小一時間問い詰めてやりたい。

二〇二二年七月二十二日　金曜日

目を覚ますと、とうに昼を過ぎていた。枕元に置いてある目覚まし時計は動いていない。電池切れになったまま、置きっぱなしになっている。出待ちの列に並んでいたサラリーマン風の男性がくれたプレゼント。二年以上前に出た事務所ライブでくれた。その日も学級会のネタをやった。去年末の賞レース決勝の時の学級会よりもネタ時間は長く、ボケ数は少ない。古田《ふるた》がキャラ付けのためと言って伊達《だて》メガネをかけていた頃だ。今はもうやめてしまったけれど、当時は劇場に来る女の子にメガネをかけた姿はそこそこ人気だった。そのメガネは最近外を歩く時の変装用に使われているようだ。

いつも起きるたびに電池を買い忘れたことに気がつく。特に寝坊した時は激しく後悔し、自責の念に苛まれるけれど、自分の中でどうにも優先順位が上がらない。だから時計の針はいまだに動かない。今日は仕事が夕方からだ。ＹｏｕＴｕｂｅの撮影だった。

　スマートフォンを使っている途中に寝てしまったらしかった。ベッドから落ち、床に転がるスマートフォンから僕の笑い声が聞こえた。

　三ヵ月ほど前から始まった生放送のラジオ番組。その違法アップロードされたものがＹｏｕＴｕｂｅで流れている。話しているのは自分なのに、案外何を話していたか覚えていないもので、新鮮だった。身体を起こしてもやることがない。寝起きの頭をぼんやりとさせたままで聞いていた。

　古田が初めて地下アイドルのライブに行った話。僕は大笑いしている。聞いたファンは皆、サンマリノはコンビ仲が良《い》いと思うのだろうか。芸人というのは、仕事なのか仕事じゃないのか線引きがきっと分かりづらい。これは仕事で話しているのだから、楽しそうに話す。それだけのことだった。けれどラジオの本番が終わってしまえば、会話などほとんどないに等しい。

　僕の感じていることと、ファンからの見え方に齟齬《そご》が存在する。それを意識するだけで血の流れが澱《よど》んでいくようだった。

　仰向けからうつ伏せに身体を半回転させ、腕を伸ばしてフローリングに落ちたスマートフォンを探す。頭はまだ枕に乗せたまま床を手探りにした。指紋が微細な埃《ほこり》を絡めとる。しばらくしてスマートフォンを探り当てた。ちょうどベッドと床の隙間に半分突っ込まれた状態だった。

熱を持ったスマートフォンは電池残量がわずかになっている。最近電池の減りが極端に早い。この前石畳の道に落として画面にヒビが入ってからだ。ヒビ割れ防止のフィルムを貼っていたのに、あまり効果はなかったようだ。そのヒビから電気が漏れ出しているのではないかと僕は少し疑っている。

充電ケーブルを差し込む。スマートフォンは安心したみたいに右手の中で小さく震えて、充電し始めた。

違法アップロードの僕らのラジオ。二人写った写真が再生画面に使われている。コメント欄には違法アップロードなのを知ってか知らずか、三十件ほどのコメントが書き込まれていた。

『なんかサンマリノは二人とも、絶妙に面白さが足りてないんだよなぁ』というコメントに、

『は？』

『お前は、友達がいないんだろうなぁ』

という返信が書かれている。

違法アップロードされたラジオのコメント欄での言い争いを見るのが僕は少し好きな気がした。愚かだからだ。人間というのは一人一人声も話し方も違っているはずなのに、コメント欄の文章を眺めると全員が似たような没個性になっているのも面白かった。

『古田さんもアイドルとかハマるんだ　なんかショックだわ』

『作家？の笑い声うるさすぎ』皆好き勝手に書いている。

『今回も面白かった〜アップロードありがとうございます。古田くんが国見《くにみ》をイジってるけど、互いに理解しあっているサンマリノって本当に素敵だなって思う。解散逆ドッキリでも思ったけど、本当に最高のコンビ愛』コメントの最後には涙を流す黄色い顔の絵文字が添えられている。

　コンビ愛という言葉に引っかかってしまった。あのブログにも現れた言葉。同じ番組を見ているはずなのに、こうも感想が変わってしまうのか。僕を正しく見てくれている人は誰なのだろう。このコメントの主か、あのブログの筆者か、それとも古田なのか。

　急に色々考えたからか、眠気は覚めた。ベッドから起き上がりテレビをつけて、最近買ったＹｏｇｉｂｏに寝そべった。ローテーブルには昨日飲んだ缶チューハイの空き缶が置いたままだった。テレビからはニュースが流れている。男性アナウンサーの落ち着いたトーンの声を聞いている間に、眠気は再びやってきて、脳みそは回転速度を落としていった。僕はまた場所を変えて眠った。

　アラームもなしに目が開き、それと同時に意識が覚醒した。十六時前。テレビはまだ付いていた。仕事に間に合うか、ギリギリの時間だった。

　等身大のクッションに身体が搦め取られたように沈みこんで上手く起き上がることが出来ない。転がるようにして床に降りて、僕は家を出た。脱ぎ散らかされていたズボンをそのまま穿いて干されていたＴシャツを着た。

　ＹｏｕＴｕｂｅを撮りに事務所に向かう。大通りに出てすぐにタクシーに乗った。ＹｏｕＴｕｂｅの撮影には間に合った。けれどスマホを家に忘れた。


　前置きはさておいて、表題の件である。番組の一番の盛り上がりは疑う余地なく、サンマリノへの解散逆ドッキリであろう。知らない人のために（この記事を読んでいる人にサンマリノを知らない人はいないとは思うけれど）紹介すると、サンマリノは昨年Ｍ－１の決勝初進出。芸歴八年目の若手漫才師だ。Ｍ－１ではかなり爪痕を残した方だろう。台本なのかアドリブなのか観客には分からない、綱渡りのような漫才で、私も年末には彼らにだけ触れた記事を二本書いた。二人ともキャラ立ちが良く、シュッとしていてテレビ向きだ。

　今回のドッキリの概容をおさらいすると、ボケの国見はドッキリとしてツッコミの古田に解散したいと告げる。売れ始めて芸人が本当にやりたいことと違う気がしてきた。テレビではなく俳優として舞台に立ちたい。舞台俳優になるために解散したい。これが国見の解散ドッキリとしての言い分だ。対して古田は逆ドッキリとしてあっさり解散を受け入れる。何度注意しても遅刻する。ネタを飛ばす。仕事を舐めてる。今まで二人で頑張って来て、ここまでやって来たのに解散したいっていうならそうしよう。お前がこんなやつだとは思わなかった。そう吐き捨てて古田は楽屋を後にする。そして次の仕事のネタ番組の収録で国見にネタバラシ、というのが一連の流れだ。Ｔｗｉｔｔｅｒ等でパブリックサーチをして見るに、感想の多くが好意的でサンマリノのコンビ愛に感動したというようなものが多く見られた。実際そういう描かれ方だったし、そういった意見が多いのは当然だろう。

　しかし、私からすれば、本当にそれだけの感想で良いのだろうか、そう思えてならない。ネタバラシでお互い涙を流している青春映画のような美しさに騙されてはいないだろうか。以下はあくまで筆者の個人的な推測なので不快に思われる方はブラウザバック推奨。

二〇二二年七月二十三日　土曜日

タクシーの中、スマートフォンの小さな画面に映る記事を読み終えて、ヘッドレストに頭を預ける。掛けられた白いレース生地のカバーが滑ってズレた。散髪したての短く刈り込んだ髪がスパイクみたいに食い込んでいるのがわかる。

車酔いにはいまだに慣れることがない。こめかみのあたりが何重もの輪ゴムで締め付けられるように緩く痛む。血の巡っていない脳に不必要な情報が入らないよう、目を閉じていた。目を瞑《つぶ》っていると、徐々に痛みと不快感は眠気に置き換わっていく。意識と無意識の中間地点で、そのどちらとも釣り合いが取れずにしばらく車の揺れだけを感じて過ごした。

車内に取り付けられたモニターから聞き覚えのある声が聞こえた。最近どこかで聞いた声。会話したはずだったけれど、顔が思い浮かばない。誰の声なのか、気がかりで耐えきれず目を開くと眼球に膜が張ったように視界が白く滲んだ。ピントが合い始める頃にはもう次のＣＭの映像に切り替わってしまっていた。声の主は誰だったのか分からずじまいでモヤモヤする。

隣を見てみると古田は開いたノートパソコンを膝に置いて、難しそうな顔で液晶画面を睨《にら》んでいた。しばらく宙を睨んでは、またパソコンに視線を戻してキーボードを打つ。自分の世界に没入して集中しきっているというよりは、あえて僕を無視しているように思われた。

他人から自らに向けられた目を気にして一つ一つの所作が全て芝居じみている。関節からピンと張ったピアノ線で誰かに操られているみたいだ。

古田とは十年来の友人だった。けれど友人関係はここ数年で終わりを迎え、ビジネスパートナーとしての関係に改まった。

会話がない時間は不仲の証明ではなくなった。古田との会話は今では仕事として扱われるようになった。

タクシーが到着してドアが開く。運転手のほんのわずかな手の動きにドアの開閉が操られるのをいつも不可解に感じてしまう。助手席で息を殺して座っていたマネージャーが金を払ってくれる。

最近僕たちに付いてくれるようになった高林《たかばやし》くんはまだ社会人になって日が浅いらしく、万引きGメンにいの一番に目をつけられそうな立ち居振る舞いで一生懸命に頼りなく働いていた。

僕が先に外へ出る。トランクに積んだスーツカバーを古田のも一緒に取り出し、手渡す。ありがとう。そう一言だけ古田はつぶやく。今日はまだ一度も、いや今日どころか久しく古田と目があっていないような気がした。

テレビ局の入り口には、検温用の顔が映る立て看板みたいな機械と消毒用のアルコールの入った容器が並んでいる。スーツカバーとリュック、スマートフォンを手に持っていたから、どうやって手の消毒を済ませれば良いのか分からず、短く戸惑い、腹立たしかった。誰も見ている人がいないので、誤魔化してアルコール消毒は無視して通った。

楽屋に向かう廊下の途中、通りかかった自販機でコーラが買いたくなった。両手はまだ塞がったまま。

自販機の前に立ち止まる。ポケットの小銭を取りたかったけれど、荷物を床には置きたくない。スーツカバーの持ち手を肘のあたりまでずらし右手を自由にして、リュックを前に抱くようにしてポケットを探った。けれどいくら探しても指先に小銭の感触はない。

手間取っている間に古田も、そして高林くんも楽屋に入っていくのが、廊下の先の遠くの方で小さく見えた。

楽屋に入ると、畳の上でスーツに着替える途中の薄いインナーだけになった姿の古田が、

「学級会のネタな。短いバージョン」とだけ言った。

姿見に映った自分だけを見ていた。わかった。そう一言だけ答えた。それ以上は、話したかったとしても話すべきことが思いつかなかった。


ネタ番組の収録。客は入っていなかった。だだっ広い冷たいスタジオの一角に豪奢《ごうしゃ》なハリボテ背景がポツンと立ててある。

沢山のカメラの前でネタをやる。ネタをやるというよりは台本のセリフを読み上げるだけといった感覚だった。観客がいないからそう思うのだろうか。スタッフは皆、疲弊している

ようで笑う気力もなさそうに見えた。同じネタを二度収録した。僕がセリフの途中で嚙んだからだった。スタジオの外に出るまでの短い間に、古田はスタッフの一人が履いているスニーカーをやたらと褒めそやした。いかに珍しいものか周りにいる大勢に説明していた。古田はスニーカーを集めるのが昔から好きだった。

「お前はまだ高校の時の上履き履いてるもんな」

興味を持てず、退屈しながら聞いていた僕に古田は急に話を振って来た。そこまで貧しくないわ。そう僕は言った。

「そこまでってなんだよ。貧しいのは認めてんのかよ」スタジオの大きな空洞に笑い声が響いた。大勢のスタッフに見送られて、マネージャーと僕と古田だけスタジオを出る。廊下に出てから楽屋に入るまで、そしてその後別れるまで古田と会話はなかった。

明日のスケジュールを確認する高林くんも僕に向けて話をすることはほとんどなかった気がした。明日僕の仕事はコンビでの一現場のみで、古田はそれ以外にも個人の仕事が入っていたから、説明の分量に差があったことでそう思われただけなのかもしれない。

古田は先に楽屋を出て行った。テレビ局の楽屋には窓がなく、独居房みたいだった。古田に遅れて一人楽屋を出て、玄関に近づくにつれ、少しずつ外の景色が見えるようになっていって時間が知覚できるようになった。

日の長い夏の夕方の暖色は蒸し暑い夜の闇に変わり、テレビ局の巨大なビルの光に俗っぽく照らされている。

タクシーチケットが支給されるときを除いて、帰りはいつも電車に乗る。同世代の平均月収を超える金が手に入るようになった。けれど月末になるといつも金がなかった。消費者金融からの借金も減ってはいない。今日タクシーに乗ると給料日までもたなくなる。

一般人に顔を指されることも多くなってきた。けれど話しかけられるのも写真を撮ってとお願いされるのも嫌いではなかった。そもそも芸人になるような人間がそれを嫌いなはずがないと僕は思っている。古田が目深に帽子を被り、いつでもタクシーを使うようになったのが理解出来なかった。

駅に向かって歩く。ＰＡＳＭＯはこの前の営業先の岡山で失くしてきたから切符を買った。電車に乗る。電車はそんなに混んではいなかった。

なんとなく周囲を見渡す。車両の隅っこ、優先席の向かいにある座席のないスペース。車椅子の絵が描かれているところで窓にもたれかかるようにして立った。

スマートフォンを手に取る。Ｔｗｉｔｔｅｒを開く。タクシーで読んでいたブログ記事のところで操作を中断したままになっていた。もう一度記事を読む。

何故「がい」がひらがなで表記されているのだろう。嫌だとか不快だとかは思わなかった。ブックマークに追加してスマートフォンをポケットにしまった。周囲をまた見回すけれど、僕のことを芸能人として認識している人はいなかった。

今回の番組、そして今までの国見の出演番組を見るに、彼は〝発達障がい〟だと私は考えている。

たびたび聞く遅刻の多さも発達障がいから来るものなのだろう。四月に放送されたドミノを並べる番組企画で見せた異常な集中力。これもそういった特性から来るものだ。まず間違いないと思われる。そういった国見の特性を考慮すれば、あのドッキリは美談に出来る話なのか。私には疑問である。古田の言葉は、もちろんドッキリであると分かった上であっても、彼が受け入れられるものだろうか？そういった特性含め彼を受け入れてやるのが本当の愛だと私は思うのだ。まずは然るべき医療機関で検査を受けて、周囲の理解を得るのが良いのではないだろうか。診断が出れば自らを正しく認識できる。国見の今後の芸能界での活躍を祈っている。

二〇二二年七月二十四日　日曜日

今日の仕事はコンビでの雑誌取材が一つ入っているだけだった。

僕はスマートフォンでまた、ブログを読んだ。

ブックマークしてあったブログ。僕はこういう言われ方を受け入れることはないにしろ自覚がないというわけでもなかった。『障害』とまではっきりとではないけれど、他人に指摘されることも多かった。

仲間内、たとえば高校生のころに友人から言われるとか、芸人仲間で酒を飲んでいる時に言われるとか、そういう場面場面で指摘されることがあった。そういう時に使われる言葉はネット文化の中から生まれて、若い人から一般的に使うようになる。単語の意味は分からなくても、侮蔑に近い意味があるということだけは何となく分かった。僕は僕が普通で生きているから自分ではよく分からない。他人から言われるたびに少しずつ、「自分は普通ではない」という自覚が芽生えていった。

ネットに転がっているチェックリストを見たこともあった。遅刻が多いとか忘れ物が多いとかしゃべりすぎてしまうとか、当てはまる事項が多いのも事実だった。子どもの頃から通知表には落ち着きがないと書かれることも頻繁にあった。

けれど僕自身の自己判断と他人から断定されるのとではまるで違う。思えば僕にそういう言い方をしなかったのは古田だけだ。高校の頃からずっとそうだった。だからコンビを組んだのかもしれない。

『然るべき医療機関』と書いてあるけれど、それはどういったものを指しているのだろう。病院なのか、心理カウンセラーのような人たちのことだろうか。

「発達障がい　医療機関」と調べた。誰もいない自室だったけれどコソコソと、リビングではなくトイレで便座に座って調べた。

　検索結果を見ると沢山の病院が表示された。東京都の福祉保健局のサイトが一番信頼出来そうだったので開いてみる。発達障害に関するＰＤＦの資料が沢山あったけれど、文字が多かったので読まなかった。僕は長い文章を読むのが苦手だった。

　とにかく発達障害を診てくれる病院は沢山あることだけはたしかだった。誰に見られるわけでもないけれど、検索履歴は全て消しておいた。

二〇二二年七月二十五日　月曜日

　給料日が来た。朝九時入りの仕事に、僕は八時四十五分に目覚めた。テレビ番組のスタジオ収録だった。大勢のスタッフや共演者のいる仕事だ。

目覚めた瞬間、心臓が凍るような気分だった。仕事で必要になるものは全てリビングから玄関の動線の床に置くことにしている。服を着替え、必要なもの全てを床から拾いあげ、リュックを背負って家を出た。大通りでタクシーを拾おうとしたけれど、財布に金が入っていないことを思い出した。急いでコンビニに寄ってＡＴＭで金を下ろした。

口座には六十万円弱の金が振り込まれていた。キャッシュカードを読み込む時間が長く感じられる。二万円をおろし、扉の開いた窪《くぼ》みからお札を二枚取り出し、店を飛び出してタクシーを探す。目白《めじろ》通りの反対車線には何台もタクシーが走っている。

赤信号の車の連なり、数十メートル先にタクシーが見えた。空車、そしてＶＡＣＡＮＴという赤い潰れた文字が表示されている。信号が青に変わり、徐々に車が流れ出した。タクシーが近づいてくる。

あのー、すみません。声を掛けられ振り向いた。コンビニ袋を持った若い可愛らしい女性だった。

「すみません。声かけて。違ったら申し訳ないんですけど、サンマリノの国見さんですか？」

タイミングが悪いなとは思ったけれど、僕には無視することは出来なかった。

「はい、そうです」

「やっぱり。いつもラジオとかＹｏｕＴｕｂｅとかチェックしてます～、めちゃ応援してます」

「あぁ、ありがとうございます」

後ろの車道をやたらと気にしながら僕は話した。

「もしよろしかったら写真とか撮ってもらっても良いですか」

「ええ、もちろん。撮りましょう。マスク一瞬だけ外しますか」

「あっ、ありがとうございます」

女の子は自撮りで写真を撮った。スマホの中の僕の顔は、顔を綺麗に加工してくれるアプリのせいなのか青白く、人間らしくない不器用な笑顔だった。

「こんなところですみませんでした、今からお仕事ですか」

「はい。今からテレビ局で」

「そうなんですねー、お仕事頑張ってください。応援してますー」

「はい、応援してください」

僕がそう言うと、彼女は僕から離れてコンビニの入り口に立っていた金髪の男の元に小走りで寄っていった。

道路に目線を戻すと赤信号になってまた車が並んでいた。タクシーは僕を通り過ぎたところの二十メートルほど先に停車している。

タクシーまで走った。横に着いたところで、空車の表示は賃走に変わっていることに気が付いた。

スーツを着た若い短髪の男が後部座席で汗を拭いていた。

次の空車のタクシーが僕のところに来るまで三分は掛かった。もう九時になる頃だった。古田、高林くん、そしてその上に付いているマネージャーの佐々木《ささき》さんがいるグループＬＩＮＥに、

「申し訳ありません。朝起きれませんでした。遅刻します」

と、信号待ちのタクシーの車内でメッセージを送り、すぐにスマートフォンを画面を下にして座席に置いた。返信を見るのが怖かった。

道が混んでいなければ二十分掛からない。九時入りの仕事ということは十時三十分頃に撮り始めるだろうから、問題はきっとないはずだと自分自身に言い聞かせていた。頭の中に無数の自分の考えが声になって響いた。

タクシーの運転手が話しかける声が聞こえず、やっと気が付いたのは何度も話しかけられてからのようだった。

あらかじめ運転手には急いでいるので高速を使ってくれと伝えていた。都心環状線が事故渋滞で混んでいるから、とまでは僕には聞こえたけれどそれ以降は分からなかった。知らない道路と地名だったし、中年の運転手の囁《ささや》くような低い声は、プラスチックのボードに阻まれていた。とにかく早い方でお願いしますと答えた。

スマートフォンを裏返して見るとＬＩＮＥのグループトークにメッセージが来ていた。

「何時くらいになりそうですか？」

佐々木さんからだった。

佐々木さんは四十歳くらいの女性のマネージャーで、落ち着いた人だった。僕もサンマリノも怒られたことは一度もなかった。テレビに出始めた頃から僕らに付いてくれている。

「二十分くらいで着くと思います。本当にすみません。」

そう返した。

既読の数は三つになっていて、全員が僕の遅刻を認識している。タクシーはなかなか動かず、僕は小刻みに足を震わせたり、太ももを握り拳で叩くことしか出来なかった。


九時三十分。テレビ局の前でタクシーを降りた。

急いでテレビ局に入るとソファーが置いてある玄関先のスペースで高林くんが待っていた。

高林くんは僕と目が合うと、立ち上がり手に持っていた入館証を僕に手渡した。

楽屋に入ると着替えとメイクを終わらせた古田がノートパソコンに向かっていた。僕が遅刻を謝ると古田は、

「良い良い、今日は収録に間に合ってるだけ良い」

そう答えた。僕の方は見ていなかった。怒られなかったのは意外だった。けれど怒られないということが最も辛い責め苦のように感じられた。楽屋に佐々木さんはいなかった。

収録は予想通り十時三十分に開始されると楽屋に置いてある台本の表紙に書かれていた。着替えを済ませてメイクルームに行くと、先輩芸人がメイクをしていた。

「お前、遅刻したんやって」

「はい、本当にすみません」

「別に俺はええけど、さっき古田が喫煙所でキレとったで」

「えぇ、楽屋でさっき謝ったとき全然怒ってなかったですけど」

「そうか、ほんならまぁええか。それより遅刻のおもろい理由考えときや。どうせイジられるんやから」

そう言ってメイクの終わった先輩は立ち去っていった。

メイクが終わり楽屋に戻る途中、佐々木さんに会った。飲み物を買うわけでもないのに自販機の前に立っている佐々木さんは僕を待っていたようだった。佐々木さんは僕に初めて、少しだけ強い言葉を選んで言った。

痩せていて、いつもおしゃれな人だった。人を注意するということにあまり慣れている人ではないように僕には見えた。話している最中にも何か凄《すご》みのある言葉をずっと探し続けているようだった。

収録に間に合ったから良いって訳ではないんだから。国見くんのキャラクターで周りの人は許してくれているかもしれないけれど、信用が大事な仕事だから。そういったようなことを言っていた。

長く喋っていたけれど、同じ言葉が繰り返されていて文字数だけが多かった。

分かりました。すみませんでした。気をつけます。ありがとうございました。そう繰り返して時間は過ぎていった。

楽屋に戻ると古田は台本に目を通していた。どこに座って良いのか、僕には分からなかった。テーブルのそばには古田が座っていたから、その近くに座るのは憚《はばか》られた。

僕はテーブルの台本の横に置いてある、おにぎりの入ったプラスチックのベコベコ音を立てる容器を手に取った。

楽屋の隅っこ、洗面台の前で立ったままおにぎりを食べた。


十時二十分。楽屋にスタッフがやってきて僕たちはスタジオに呼ばれた。

僕も古田もスタジオに移動した。佐々木さんは同じ収録にいる事務所の先輩芸人のほうに付き添っているようだった。

スタジオに着いてから遅れて高林くんがやってきて、僕が忘れていた衣装の革靴を持ってきてくれた。スニーカーのまま履き替え忘れていた。

僕と古田はスタジオに並んでいる丸椅子の一番端、中央のＭＣ席からもっとも離れたところに座った。一番乗りだった。

今日の収録には客が入っているようで、来ていた観覧の若い女性が拍手で迎えてくれた。

その後、他の共演者が入ってくるたび、立ち上がって挨拶をした。その度に拍手が湧く。

一番最後にＭＣの多部《たべ》さんが入ってきた。四十歳を過ぎているけれど、若々しい。この前のタクシーの車内で聞こえたのは多部さんの声だと今になって気が付いた。

よく会う先輩だった。事務所は違うけれど、僕たちは多部さんに何故か気に入られているようだった。何の不祥事もなく、悪い噂も聞かない、健康的かつテレビ的な芸人だ。

僕たちの挨拶に小さい声でよろしくなと答えて中央のテーブルの位置に収まり、観覧席の方に一度頭を下げた。

収録が始まる。テレビを見ていると気が付かないけれど、その周りには多くの人たちが集まっている。この光景にいまだに緊張してしまう。

多部さんは一人一人出演者の名前を呼んで紹介していった。僕たちが呼ばれたのは最後だった。

「国見、お前今日また遅刻したらしいな」

多部さんは笑顔だった。いつも多部さんは僕のダメな話を聞きたがる。

僕よりも先に古田は、

「そうなんですよ」

と言い、僕のネクタイを引っ張り頭を下げさせた。古田がよくやるいつものやり取りだった。

「こいつも悪いとは思ってるんですよ。遅れてきたけど腹は減ってたみたいで、さっき楽屋で立ったままおにぎり食ってましたから。反省はしてるっぽいです」

そう古田が言うと、みんな笑っていた。あの時、僕のことが視界に入った上で、何も言わずに観察していたのかと思うと不快だった。

「しかもさっきこいつ革靴忘れてスタジオに持ってきてもらってて、履き替えてるの見てたんですけど、靴下の足の甲のとこ、アイムソーリーって書いてありましたから」

そう言われたので僕は靴を脱ぐ。スタジオのモニターに僕の靴下が映った。「I'm sorry」と書いてあった。最近駅ビルのおしゃれな靴下を売る店で買ったものだった。

「寝坊したから編んできたんです」

僕がそう一言足すと、とてもウケた。勝ったような気がして、非常に良い気持ちだった。

「そんなん履いたらむしろ人の気持ち逆撫《さかな》でするだけだろ」多部さんがツッコんでくれた。

古田はその発言に継いですぐに、

「そういうの分からないんですよ、こいつマジで病気なんすよ」

と言った。

皆笑っていた。多部さんも並びの出演者も。病気という発言を聞いて、古田に突き飛ばされたような気持ちだった。何故こんな驚きと痛みがあるのかは僕自身にも分からなかった。

いやーとかまあとか何か喋っていた気がするけれど、意味があって言ったわけでもなく、笑いに繋がるだろうと思って言ったわけでもない。

古田は続けて、また僕の話をしていた。僕が前に遅刻した時の話だ。僕が八日連続遅刻したという話だった。

嘘だった。先月の初めの三日連続が最長だった。けれどこう話されたら真実として、話を進めるしかない。その後僕はウケた。古田が始めたこの話題でウケるということが、僕が病気ということを僕自身が念押ししているように思えた。そのあと収録では各ゲストのロケＶＴＲを見て皆あれこれ言い合っていたけれど、身が入らなかったし、それ以降僕がウケるということもなかった。

収録は二時間程度で終わった。次の仕事があったから、ゆっくりする時間もなく、帰り支度を済ませて楽屋を出た。

楽屋では古田が何か僕に言うのではないかと思って期待していた。謝罪を待っていたのか。そうではないように思うけれど、僕は古田の前に座って待っていた。帰り支度も進まなかった。なんでも良いから、僕の目を見て古田が話をしてくれるのをひたすら待っていた。

けれど古田は帰り支度を終わらせて、荷物を持って楽屋から出ていった。

手持ち無沙汰の高林くんと僕だけが楽屋に残った。やるべきことをなくされた僕は帰り支度をして廊下に出た。楽屋の並ぶ廊下の奥のガラス張りの喫煙所で古田は煙草《たばこ》を吸っていた。周りにいる他の芸人と何か話しているようだった。

僕は煙草を吸わないから、古田がいつも喫煙所で何を話しているのかは知り得ない。

楽屋を出た僕というよりは高林くんを見て、煙草を揉み消し頭を下げて喫煙所を出てきた。すみません。そう言って僕の目の前をあえて横切って、テレビ局から出るためにエレベーターホールに向かった。僕を視界に入れないようにしているのだと僕は理解した。

追記

この記事が今までで一番読んでもらえる記事になったようで嬉しい限り。またサンマリノの注目度もやはり高いんだなぁと改めて実感したところです。

ラジオやＹｏｕＴｕｂｅなど比較的自由に話しているコンテンツを追っているけれど、サンマリノがあの逆ドッキリの話をしているのはいまだ確認出来ていない。収録日の問題もあるのかもしれないけれど、やはり二人の中では扱いづらい話題になっているのかもしれない。国見にはやはりあのドッキリは重荷になってしまっているのだろうと思えてならない。以前と比べるとやはりコンビ間に違和感があるように見える。

　コンビ愛と呼べるのか。そう銘打ったが、やはり私にはあれをコンビ愛とすることは出来ないというのが結論だ。互いを遠ざけているように見える。解散するコンビの予兆が見える。何より心配なのは国見のメンタル面だ。彼が心身を安らかに保てる方法を見つけてくれればと願っている。

二〇二二年八月一日　月曜日

今日、芸人になって初めて、誰にも見つからないようにと強く願っていた。

古田と違って変装用の服やメガネなんて持っていなかった。昔コントで使ったキャップとサングラスがあったはずだと家を探したけれど、ポケットサイズの人生ゲームや失くしたと思っていた漫画が見つかっただけだった。

病院の予約を取ったのは四日前。予約を取るという段階に至るまでにホームページを開いては閉じてを繰り返した。

はたしてメンタルクリニックに行っても良いのか。別に僕は心を病んでいる訳ではない。しかし、メンタルクリニックに入っていくのを誰かに見られるのが怖かった。

もし僕が売れないままだったら、ここまで他人の目を恐怖に感じることもなかったのかもしれない。古田との関係も、自分が発達障害であるかどうかも、売れてさえいなければ考えずに済んだことなのかもしれない。アラームも鳴らさずに目が覚めた。眠っている間も、明日メンタルクリニックに行くという予定が脳を覚醒させていたようだった。ドンキに寄ってキャップを買った。

メジャーリーグの知らない球団だとおぼしきロゴが入っていた。

最初は家の近くにあるメンタルクリニックに電話をして、予約を取ろうとしたけれど、都合のつく日がなかった。それから幾つかの病院に電話を掛けたけれど、どこも予約がいっぱいだと断られた。テレビ局やラジオ局、事務所から離れている場所で病院を探し、僕は市ヶ谷《いちがや》のメンタルクリニックを予約した。僕自身これまで市ヶ谷に用事があったことが一度もなかったから、きっと知り合いに見られることはないだろうと考えてのことだった。リュックには小学校の頃の通知表をしのばせていた。母に頼んで実家から送ってもらった。予約を取るときに持ってくるようにと言われていた。

平日十五時の市ヶ谷には、夜に待っている楽しい予定まで暇を潰しているというような雰囲気の人間ばかりだった。

　道を歩いている大学生やカフェのテラス席でアプリゲームをするサラリーマン、釣り堀に糸を垂らすおじさんをタクシーの窓から眺めていた。

　クリニックの前にタクシーを付けて貰い、降車とほぼ同時に自動ドアを通り抜けた。自動ドアが開く少しの間も長く感じた。開き切る前に身体を斜めに滑り込ませ、クリニックに入った。

　白を基調とした壁。その壁沿いには一人掛けのソファーが四つ並んでいた。大小の観葉植物が幾つも置いてある。床に置いてある大きいものから、小さいものは受付カウンターにある会計用の金属製トレイの横にまであった。

　受付の女性と目が合い、会釈をした。ご予約は取られてますかと聞かれ、一度合った目線を逸らし、頭頂部を見せるように俯きながら名前を述べた。

　トレイの横の小さな観葉植物の鉢に刺さったプラスチックチューブの青い液体を見ていた。待合室に唯一溶け込めずにいる色だった。

　保険証を出すと、クリップボードに挟まった問診票を渡された。名前や身長体重などを書いた。

「物事を行なうにあたって、難所は乗り越えたのに、詰めが甘くて仕上げるのが困難だったことが、どのくらいの頻度でありますか。」

［全くない　めったにない　ときどき　頻繁　非常に頻繁］

インターネットでかつて調べたときに見たような質問だった。紙二枚、裏表の問診票に深く考えず流れ作業で丸を付けていく。待合室には僕以外に若い女性が一人座っているだけだった。手元の文庫本に目線を落とす、金髪の女性。二十歳前後に見える。瞬きする度、ラメのたっぷり乗った目元が蝶々《ちょうちょう》の羽ばたきみたいに光った。マスクのせいで目鼻立ちは半分ほどしか分からないけれど、佇まいが美しい。

この人は何故ここに来たのだろうか。掻《か》き立《た》てられた興味を抑えられず、考えつく限りの理由を目の前の女性に当てはめた。他人に対して、僕は身勝手だった。

今日の朝、僕はまたあのブログを見ていた。背中を押してくれる誰かを探していた。「追記」から始まる短い文章が投稿されているのに気がついたのはその時のことだった。

昨日の夜もこのブログを読んだから、更新されたのは夜の深い時間だろう。

僕はまるで会話しているような錯覚に陥った。僕の不安を予見しているようなタイミングでの追記。近くで僕のことを見ているのではないかと思ったのだ。佐々木さんより、高林くんより、そして古田より、君のことを理解している。君は間違ってない。そう彼が訴えているのだと思った。

読んでいる間だけ、呼吸が穏やかになるような気がした。

すぐに僕の名前が呼ばれた。男性の落ち着いた声に導かれて診察室に入る。中には看護師はおらず、医者が二人いた。サウナの館内着みたいな格好だった。

僕を滑りのいいキャスターの付いた椅子に座らせ、先ほどの問診票を捲りながら僕に色々質問した。発達障害の診断をしてほしいというのは予約の段階で伝えていたので、話が早かった。

三十分ほど話していただろうか。話すといってもこちらから何か発言することはなく、聞かれたことに答えるだけだった。

子どもの頃の様子に関することを長く聞かれた。小学校六年分の通知表を渡すと医者は少し驚いた顔をした。六年分も持ってくるべきではなかったのかもしれない。僕を追い詰めることのないようにと気遣っていたからか、医者の喋り方はどことなくたどたどしい。

「高校の文化祭の準備の時のこと覚えてます？　そういう時って人に指示されなくても自分で動けました？」といったような具体的な質問もあった。

高校の文化祭、僕ははじめて漫才をした。古田とだ。

緊張で覚えていないけれど、後に見せられた動画ではそれなりにウケていた。

あの時は楽しかった。二人で面白いと思うことを言い合い、黒板に書き殴る。ネタ合わせを何度やってもお互いアドリブを入れるから固まらないまま本番を迎えた。今よりも全てが稚拙《ちせつ》だった。けれど楽しい思い出だった。

質問には上手く答えられなかった。文化祭で漫才をした話をしたくなかったから、しどろもどろになりながら説明した。

「今現在の日常では何が困りごとですか？」

日常の中にトラブルは数多くあった。

部屋を片付けるのが難しいこと。遅刻が多いこと。目覚まし時計の電池が切れているのを分かっているけれど、買うことができないこと。あげればキリがなかった。

発達障害の診断を受けに来たという意識から、こういう答え方になった。けれど本当の困りごとは古田との関係だったのかもしれない。

医者はキーボードを操作しながら、終始僕の言葉を少しずつ区切って復唱した。

色々話し終わった後、医者は現段階で確定的な診断を出すことは出来ないと明るく述べた。両親に僕の子どものころの様子を聞いたり、テストを受けるなどをした後に総合的に判断されるということだった。それを聞いて身体の芯まで力が抜けるようだった。ここに来た意味がないとすら思えた。投げやりな返事をした。ちゃんとした判断を仰ぎたかった。

しかし国見さんにはそういった傾向があることは事実なので、希望次第で現在困っていることに関しての処方箋を出すことは出来るということだった。

何も確定していないのに薬が貰えるということが不思議だったけれど、処方箋を貰った。次の来院のタイミングに関して色々聞かれたが、予定がまだ分からないのでと伝えた。自分自身をはっきり理解したいという気持ちと通院するのが煩わしいという気持ちがせめぎ合っていた。

二〇二二年八月五日　金曜日

十二時。起きて定食屋に行った。朝食なのか昼食なのか分からない時間帯。

家に帰ってから僕は薬を飲んだ。貰ってすぐ次の日に飲んで効果を確かめたかったけれど、数日にわたって収録が入っていたから止めておいた。仕事に支障が出るかもしれないと考えてのことだった。

昨日の夜に飲み残して置いてあったペットボトルのコーヒーで流し込もうかと思ったけれど、万全な状態で効果を得たかったから冷蔵庫まで水を取りに行った。

飲むと腹が減らなくなり、口の渇きが気になり出した。いつも昼間には眠気が来ていたけれど、ずっと覚醒状態が続いているようだった。

僕はその日テーブルに並べてあった幾日分もの酒の空き缶を捨てることが出来た。その日の内に一年以上時が止まったままだった目覚ましが動き出した。アンケートを四番組分書いた。コインランドリーにスニーカーを洗いに行った。床に積んでいた漫画や脱ぎ散らかしてあった服を全て整理整頓した。この全てが日が暮れるまでに終わった。

差し込む夕日が、遮るもののなくなった部屋全体を寂しく照らした。

何よりもまず、自分が自分ではない感覚があった。自分じゃない人間が僕の操縦席に座っているような感覚。

夜になってもすぐには眠ることができなかった。興奮していた。

それが薬効から来る興奮なのか、自分自身の変化に驚き自然とこうなったのか、原因は分からなかった。今日薬を飲んで分かったことは僕が発達障害であることだった。

あの小さな錠剤がどういう風に僕に作用したのか全く分からない。でもこの身体の変化に疑う余地がなかった。

二〇二二年八月七日　日曜日

古田とマネージャーの佐々木さんと高林くんが集まっていた楽屋で、僕は話を切り出した。自分が発達障害であることだった。メンタルクリニックに行き、薬を飲み、自分の身に何が起きたかを伝えた。薬は飲まずに家に置いてきた。薬を飲んでいない状態で話すべきと思ったからだった。

佐々木さんは優しかった。この前の僕を叱ろうとしていた時よりも血色も良く見えた。

「それでも国見くんであることに変わりはないからね。自分の特性とも薬ともバランスの取れた向き合い方を探せば良いから」そう言ってくれた。

高林くんは佐々木さんの言うことにうなずくだけだった。高林くんはそれだけで十分なように思われた。

古田はしばらく何も言わなかったけれど、全員が一通りリアクションし終えた後、

「俺は昔からそうだと思ってた。良かったんじゃないか、お前がスッキリしてんなら」とだけ言った。目線は僕の瞳を外れて、肩口のあたりを見ているようだった。

「でさ、俺公表したいんだ。俺が発達障害であること」

「は」古田が低く短く言った。しっかりと僕の目を見据えていた。

「いや、それはねぇよ。メリットがない。佐々木さんどう思いますか」

「うーん、俳優とかアーティストとかで公表したっていうのは聞いたことあるけど、芸人では聞いたことないかな」

はっきりと断ずる言い方ではないだけで、要するに言うなということだ。

「やっとまともに飯食えるようになってきて、今公表したら仕事の幅が狭まるだろ。めちゃくちゃ大御所になったら言うのもありなんじゃねぇかなって思うよ。でも今じゃないって」

古田が語気を強くして言う。僕の目をずっと見たままだ。イラつきが腹の中に留まらずに声

に乗ってしまっている。

「芸人の面白がられるポイントは、そういう弱みに見える部分と紙一重だったりするだろ。面白いって思われたらそれで十分じゃねぇか。わざわざ説明する必要もないだろ」

「何で公表したいかって言えば、理解されたい。周りの人にも応援してくれてる人にも」自分自身でも何故こんなに公表ということに拘《こだわ》ってしまっているのか分からない。自分の口をついて出たもっともらしい理由が本心なのかすら疑わしかった。

「病気」と言われて笑われたことが僕の中に引っかかっているのは確かだった。あの時、僕を取り巻いている人間全てが僕に刃を向けていると思った。

　公表することが、巨悪と闘うことのように感じていたのかもしれない。

「申し訳ないけど、俺は賛成できない。仕事増えてきてんだから。それにちゃんと診断が出た訳じゃないんだろ。まだ薬飲んで、効いた感じがするってだけだろ。悪いことだとは思ってねぇよ。でもそれで他人に迷惑かけるかもしれないだろ。もっとよく考えろよ」

　古田を言い負かすための言葉を見つけようと僕が黙っていると、楽屋のドアがノックされた。番組スタッフが打ち合わせにやってきた。これまでの話の流れは堰《せ》き止められ消滅した。そこからお互い口を利かなかった。

　番組スポンサーとの兼ね合いで、ネタの中に出てくる固有名詞を別の単語に変えてほしいという相談だった。古田は切り替えの上手いタイプだったけれど、珍しくイライラを持ち越して、素っ気ない言葉をスタッフに吐いた。

話が終わると古田はすぐに楽屋を出ていった。煙草を吸いに行ったのだろう。佐々木さんもその後すぐに出ていった。煙草を吸う人ではない。古田の後を追って行ったのだろう。佐々木さんは僕ではなく古田を取った。それが悔しかった。

大事な話をした後で、そばにいるのが高林くんだけという状況が、僕には何より惨めに思われた。


仕事が終わって家に帰ると、間違って他人の部屋に入ってしまったような気まずさを感じた。僕が掃除したとは思えない部屋。床の大部分が見えているというのは、僕が入居した日以来だった。佐々木さんからＬＩＮＥが来ていた。

「今日は突然の話でびっくりしたけれど、考えていることが分かって良かったです。マネジメントする立場として国見くんが一番楽しく出来るように考えるから今日のことは一度胸にとどめておいてください。」

二十三時を回っていた。

佐々木さんの文章はまるで消しゴムで何度も消しては書き直した跡が見えるようだった。僕も発達障害であることを世間に公表する勇気がある訳ではないのだ。

けれど公表したいという自分の意見を言うことが大事だと思った。そう言わなければ、古田は気が付かないと思ったのだ。しかし何を気付かせたいのか、僕にも理解は出来ていない。

結局あの一度きりで薬を飲むことも止めていた。あの覚醒した状態を自力で再現するのは不可能だった。可能であれば薬に頼りたかった。けれど、これが普通の人の感覚なのか。僕は薬を飲まないと普通の人が普通に出来ることが出来ないのか。そう思わされるのが辛かった。

二〇二二年十月二十八日　金曜日

僕がメンタルクリニックに行ってから、三ヵ月が過ぎようとしていた。台風が何度か通り過ぎては、長く留まる夏の余熱を奪っていった。

人生で初めてＭＡ－１のジャケットを買った。来年の一月末、両親を温泉旅行に連れて行く計画を立て始めた。

テレビの仕事が増えた。去年、ネタを評価されてからはよく分からずに走り続けていたけれど、芸能活動がより好転している実感が湧き始めた。

けれど僕はまだあのブログを読むことを止められていない。古田との仕事以外での会話もほぼないに等しいまま。後日あの番組のオンエアを見ると、僕が病気だと言われた箇所だけは綺麗にカットされていた。

結局僕は何度か薬を飲んだ。服用するたびに自分のコントロールから離れた自分が、手付かずのままになった生活上の諸問題を片付けてくれた。

あのブログに書かれていた理解という言葉がまだ僕は引っかかっていた。古田は僕を理解してくれていない。

発達障害というのは特性であって、病気という言葉が使われるべきものではそもそもないのだと僕はこの三ヵ月で学んだ。

テレビに出て、サンマリノの国見という芸人が僕を離れて一人歩きしているような感覚が常にある。視聴者が国見をどう思っているのか、僕には与《あずか》り知らぬところだ。

古田にだけは理解して欲しかった。僕がどういう人間で何に心を痛めているのか。そう思えば思うほど古田はあえて口を閉ざし、僕からすり抜けていくようだった。

最近はインスタライブをするようになった。時間帯にもよるけれど、何百人という人が見てくれていた。

古田の目が届かない。そしてマネージャーにも管理されていない。自分らしく話せる場であると思えた。

二十三時。仕事から戻ってきたタイミングで僕はインスタライブを始めた。七百人近いファンの人がコメントを書いている。

これがもし現実であれば、うるさいだろうなと思う。

コメントの数が多く、一瞬で流れて行ってしまって一つ一つを読んでいる暇がなかった。その中から『この前のネタ番組見ました。』というコメントを拾って話しているときだった。

「発達障がい」

という文字がコメント欄を滑っていった。一瞬だったけれどすぐに分かった。

「がい」だけがひらがな表記の馴染みあるバランスの悪さが浮かび上がって見えた。

『国見さんが発達障がいって本当ですか？』

同じアイコンから何度も投稿されている。きっとあのブログを読んだ人なのだろう。

ＴｗｉｔｔｅｒなどのＤＭにも似たような質問が来ることは多々あったから、別に気にはしていなかった。全て無視していた。

しばらく話していると特段面白い話をした訳でもないのにコメント欄が盛り上がりだした。

『ふるちゃん来た』『古田さんお疲れ様です』というようなコメントが並んだ。

古田が僕のインスタライブに入ってきたというのが通知で表示されていたようだった。そんなことは今まで一度もなかった。

古田に関するコメントで盛り上がっている間にも、

『国見さんが発達障がいって本当ですか？』

と定期的に送られてくる。

「僕さ、実は」何も考えずに言葉が出た。この後に何を言うのか自分でも分からなかった。

思考を介さずにふと口をついて出てしまった。

見ている人にではなく、古田に向けた言葉だった。依然として古田とはずっと無言のまま。なのに僕のインスタライブを見に来た。僕を理解しようとしてくれているのかもしれない。もしくはただ監視しているという可能性もある。

「あの、僕、実は」今回は自らの意思で声に出した。届くはずだと思った。

「事務所の人とかにも言うなって言われてるんだけどさ、僕実は発達障害なんですよね」

スマートフォン用のスタンドを立てたローテーブルの引き出しを開けて、薬を取り出し画角に収めた。

『えまじ？』『言って大丈夫なやつ？』『衝撃発言』『草』『コンサータ飲んでんの』『ガチじゃん』『病気？大丈夫？』

僕の発言から少し遅れて幾つものコメントが下から上に流れて止まらなくなった。

錠剤の入ったシートを持つ手が震えた。小分けにされた錠剤も一緒に震え出した。

すぐに古田から電話が掛かってきた。ＬＩＮＥ通話ではなく、電話番号に掛けてきたようだった。

インスタライブは着信で上書きされるように停止した。

見ている大勢のファンと古田。どちらにも上手く応対出来る気がしなかったから、どちらも無視してスマートフォンを捨てるようにベッドに放った。

サンマリノ国見のインスタライブに関して

2022年10月29日　01：53

緊急で記事を書いています。サンマリノ国見の件。

問題のインスタライブを見ていなかったので、情報元に当たれていないのだが、まとめサイト等を見るに彼が発達障がいであると公表したとのこと。テレビラジオのレギュラーは？　テレビCMこそないにしろ、幾つか抱えているウェブCMは？　年末には単独ライブだってある。

正直ここまで考えなしに行動するとは思わなかった。あまりに意識が低すぎる。

詳しくは別で記事にします。

二〇二二年十月三十日　日曜日

早朝からのロケを終え、家に帰ってきたのは夜だった。

一昨日、インスタライブでの発達障害公表の後、何度も電話は鳴った。僕は佐々木さんからの電話で深夜に事務所に呼ばれた。

タクシーで事務所に行き、佐々木さんに伝えられた会議室に入ると、古田は先に着いていた。一緒に呼ばれているなんて思いもよらず、突然のことに立ち尽くしていると、

「俺も謝るから、お前は倍謝れよ」

僕の目を見て言った。僕はごめんと一度言うだけだった。なんと言い訳をすれば良いのかを考えていた自分が醜く思えた。

佐々木さんは、上司の飯倉《いいくら》さんを連れてやってきた。五十代のおじさんで、役職名も分からないけれど偉いことだけは確かな人だった。ことの重大さを僕は悟った。

部屋に二人が入ってくると、僕より早く古田は頭を下げ、一拍遅れて僕も深く頭を下げた。

謹慎や解雇という言葉すら頭に浮かんでいたけれど、特段処分もなく、叱責されることもなかった。ＳＮＳの使い方に関するやんわりとした注意のみで、発達障害に関しては何も言われず終わった。

「古田もこれだけ頭下げてる訳だしよぉ」

と飯倉さんはしきりに言った。

とりあえず今入っている仕事がなくなったりはしないということだった。以前と、良くも悪くも変わらず、昨日も今日も、僕と古田は現場にいた。

佐々木さんから不意に着信が入った。ロケの合間のことだった。今日の夜のラジオの生放送だけは大事を取って休んでほしいということだった。

なんでですかと聞く権利すらない僕は、黙って受け入れるしかなかった。

ロケバスの中、一つ前の席の古田は窓を背もたれにするようにしてスマートフォンを見ていた。

二十三時。僕は部屋で一人、ベッドに横になりながら、ラジオを聞くべきか迷っていた。生放送が始まってもずっと悩んでいたけれど十分考えた末に聞くことに決めた。スマートフォンでｒａｄｉｋｏを起動した。古田へのせめてもの償いは聞くことだけだと思えた。

「でも、それは病気じゃなくて、あいつなりの特性っていうかさ。俺も長い付き合いだし、そこは理解してたつもりだったから」

ＢＧＭもなく、古田はゆったりと喋っていた。僕はｒａｄｉｋｏを消した。Ｔｗｉｔｔｅｒのプッシュ通知が現れては消え、僕の気持ちを追い詰める。

コンビ愛コンビ愛コンビ愛コンビ愛コンビ愛

どの通知にもチラつく。古田がラジオ内でそう言ったのか。不自然な量だ。確認したくもない。スマートフォンを握る指が痺れて、指先から細胞が死んでいくみたいに力が入らない。そのまま床にスマートフォンを壁に打ち付けるようにして投げた。

大きな音を立て床に落ちたスマートフォンはその後も薄情な通知音を発して、震えていた。

巻き戻し

石橋遼大

最近僕は恋愛映画がオモシロくなくなり、面白くなった。

これは大きな一歩だ。ただの自己満足に過ぎないが、この一歩があるのとないのとでは、恐らく今後の人生の幅や彩りが変わってくるに違いないと信じている。

僕は井《い》崎《ざき》慶《けい》一《いち》。明日28歳になる。誕生日を祝ってくれるパートナーなどもう何年いないだろう。なんてのは強がりだ。はっきりしている。中学3年以来彼女なんていたことがない。その時も本当に相手の事が好きだったのかさえハッキリしていない。

何故こんな事になってしまったのか。心の奥底にある女性への恐怖心だ。それは学生時代に突如として僕の中で芽生え、人生を歩んでいくうちにいつの間にか水やりをしていたのだろう。順調に成長していってしまった。

めんどくさい事にこいつは、心という無限空間の中で根を伸ばし続けていった。

最初に種を蒔かれたのは小学生の頃だ。高学年になり、次第に女子が群れ始めた。そして、目に見えるほどの人間関係のピラミッドが完成する。そのピラミッドは、いつの間にか頂点から最下層まで何となくで位置付けられる残酷なもの。ただ、その位置付けに文句を言うものは何故か一人もいなかった。

小学5年のある日ピラミッドの頂上に君臨している女王が言い寄って来た。

「ねぇ。ハルがあんたの事好きなんだって」

女王の後ろでハルが目も合わせずにモジモジしている。ハルはピラミッドで言ってしまうと最下層にいるような、あまり誰とも群れない大人しい子だった。ただ女王に詰め寄られて言ってしまったのだろう。ハルが女王のおもちゃとしてターゲットになってしまったのだ。

ハルの事を可哀想に思いながらも僕は、

「俺は好きじゃないな」

と女王とハルの顔を交互に見ながら言った。

本当の事なのだから仕方がない。子供の僕は女性を上手く傷付けないようにかわす術などもちろん知っている訳もなくバッサリといき、ハルを絶望の底に突き落とした。

ただ僕には、ハルの絶望で表情を失った顔よりも、目を輝かせている女王が目に入った。

次の日からある噂が立ち、僕は小学生ながら、スキャンダルが発覚した芸能人並みの質問攻めを、同い年の女性記者達から受ける事になる。

「ハルの事好きなんだって？」

何が何だかわからない。

僕はそんな事一言も言っていない。いくら弁明をしても信じてもらえない。

記者達の後ろで女王が笑みを浮かべ、ハルがその横にピッタリと付いているのが見えた。僕は女王に確認するべく近づいた。

すると女王が言った。

「ハル、あんたの事好きなんだよ。じゃあ、あんたも好きに決まってる」

は？　こいつは何を言ってるんだ。「じゃあ、あんたも好きに決まってる」とは。

偉人級の数学者たちが発見したありとあらゆる公式や方程式を使ってもどうしてもイコールにならない。

だが、厄介な事に、女王が流した情報だから、女子たちは皆信じきっているのだ。何より一番僕の中で引っ掛かったのは、前日まで後ろでモジモジしていたハルが、女王の横に目を真っ直ぐに据えて付いていたこと。この引っ掛かりを早々に解明出来ていれば、心の中の種は芽を出さなかったかもしれない。

それからというもの、毎日のように記者たちが僕の席に訪れた。

「ねぇ。本当はハルの事好きなんでしょ？」

「いや、俺は好きじゃないよ」

このクソみたいなやり取りの繰り返し。

小学生らしくて良いじゃんと言う人もいると思うが、逆に小学生らし過ぎるからこそ、このやり取りをする度に僕はヘドが出そうになっていた。

『毎日目を輝かせながら俺のところに来ては聞いてくるけど、女子はこんな事でしか盛り上がれないのか？　ていうか今までハルの事でお前ら盛り上がった事なんかなかったろ。急にハルの恋ひとつでばらばらの国が同盟を組んで襲い掛かってきやがって』なんて事を毎日思っていた。

そんな日々が１ヵ月ほど続いたある日の昼休みに、いつも通り自分の席でダラダラとしていると、女王が近づいて来た。

「そろそろ本当にハルの事好きになった？」

「いや、だから俺は好きじゃないよ」

「じゃあ好きじゃないって事は嫌いなの？」

「別に嫌いでもないよ」

「じゃあ好きなんじゃん」

「だから好きでも嫌いでもないって！」

僕は、この何の意味もなく終わりの見えないやり取りにムカついて言った。

これが命取り。

「じゃあ好きか嫌いかで言ったらどっちなの？」

「じゃあ嫌いだよ！」

僕は女王を睨みながら思い切って言った。

いや、言わされたのだ。女王の見事な誘導尋問。

僕の答えの後、数秒時間をおいて女王が言った。

「最低」

これを捨て台詞に僕の元を女王は去って行った。

僕はやってしまったという慌てた様子を隠すために、机に突っ伏した。

女王がいなくなって1分程で、記者連合軍たちが再び僕に襲い掛かってきた。

「おい。本当最低。カッコつけんな」

「ちょっとモテたからって調子のってんじゃねえよ」

「ばーか」

記者たちの目の輝きは消え、とにかく僕への悪口を直接浴びせてくる。

そして、少し遠くで女王がハルの事を慰めていた。

「ハル。あんな最低な奴は忘れなよ」

それを見た記者たちは、全員ハルの事を慰めに行った。

「大丈夫だよハル。あいつが最低だっただけ。また相談のるよ」

「また好きな人できたら言ってね。皆んな味方だよ」

「そうだよ。またハルの好きな人の所に聞きに行ったり何でもするからね」

「皆んなありがとう。もう大丈夫だよ。これからも仲良くしてね」

僕はそのハルの言葉を聞いて身の毛がよだった。

ハルが全て指示を出していたんだと理解した。

記者たちが自ら突撃してきたのではない。ハルが女子皆に相談をし、『聞いて来てほしい』と指示を出し、同情を買い仲間を増やしていった。その最初の仲間が女王ってだけだった。

ハルは女王の性格をよく理解し、女王なら情報を流してくれると思ったのだろう。だからまず女王を仲間にした。すると、女王はハルの思い通りに情報を流した。

あとは女王の近くにずっといるだけ。そうすることにより、ハルは女王のお気に入りとして周りから見られる。

女王のお気に入りを放っておくわけにはいかない記者たちは、次々にハルの仲間になっていく。そして最終的に女王がハルの事を慰めるのを見て、ハルは女王の友達なんだと周りが認識する。

ハルはピラミッドの頂点まで一気に駆け上がった。最初にモジモジしていたのは、どっちに転んでも幸せな未来しかないことへの興奮だったのだろう。僕が「俺も好きだ」と言えば晴れて両想い。そうでなければ大勢の仲間を手に入れることができることへの興奮と緊張。

小学生の女子にはもうピュアなどという言葉は似合わない。

それからというもの、卒業まで女王はやはり恐れられていたが、ハルの周りには必ず誰か記者が付いていた。

自分にも恋の相談をしてくれたという事で、心を開くものが多かったのだろう。ハルは真の女王となっていた。

そして僕はこのハルの事件があってから、女子たちとの距離を感じていた。

相変わらず普通に日常を過ごしているだけなのに、カッコつけるなと言ってくるやつもいた。

この頃からだ。

少しでもカッコつけだと思われないために、僕の一人称が「僕」になったのは。

心の中の種が見事に芽を出し、急成長をしたところで、僕は中学に進学した。

学年の半分程が同じ中学に進学し、半分はそれぞれ散らばった。

女王は違う学校に進学したが、ハルは同じ学校だった。ハルの女王期が続くかと思われたが、元は大人しい子であった事もあり、新たに加わったクラスメイト達に人見知りをして、女王の座を明け渡した。

中学にもなると、女子達は男子達を置いて、完全な大人の感覚に近づいて行く。

男子は馬鹿なもんで、あの子は胸がデカいから、など単純にも程があるといった具合にエロで好きな人を決めたりする。

それに比べ、女子は足が速いからというだけではもちろん選ばなくなり、中身を見るようになる。

中1の春頃に、僕は女子から急にサラッと水やりをされた。

「井崎って顔はマシだけど性格がなぁ、って女子は言ってるよ」

悪魔からの宣告だと思った。

僕は別に自分のことが好きな女子はいるのか、なんて聞いてない。普通に美術の授業で絵を描いていただけだった。

確かに周りが「あいつの好きな人は誰？」だの「女子から人気の男子は誰？」だので盛り上がっているのは耳に入っていた。思春期の僕の耳には大好物の話ではあったし、加わりたい気持ちもあった。

だが、その気持ちを抑え、得意ではない絵を描きながら一人で耳を澄まし楽しんでいた所へ、急に悲報が舞い込んできた。

それを急に言って来たのは、中学から一緒の学校になったマキ。

マキは人見知りをあまりせず、誰とでもある程度仲良くできる子で、言わば情報屋。同学年の情報はもちろん、他学年の恋の噂から誰が先生に怒られたなどの情報までキャッチするのが早い子で、何でもすぐ人に言ってしまうような子だった。だが、どこか憎めなく嫌うものはいなかった。

マキは入学して早々、３クラスある同学年ほぼ全員のメールアドレスを手に入れ、ある時は『明日数学の提出物あるから皆んな忘れないでね』など、全員への一斉送信で忘れがちなことを思い出させて、助けてくれたりもした。しかも、その一斉送信のおかげで、気になっている人のアドレスを無条件でゲットできる特典付きで、それに感謝する人も少なくなかった。

そんなマキからの急な宣告に僕は戸惑いながらも、

「あっそう。別になんでもいいや」

と、マキと目を合わせることもなく、絵を描き続けながら、スカして返した。

だが、その絵を描く手はブルブルと震えた。この震えは、モテていない事への悔しさなのか、それとも、陰で女子が自分を話題に出してそんな悪口を言っているという事への恐怖なのか。

どちらにせよ、僕の中の芽の急成長を加速させる水が与えられる形になった。

バラエティ番組では、タレント達の妻が怖いというエピソードトークが空前のブームとなっていた。所謂、恐妻家。恐妻エピソードで周りの出演者は笑い、それに怖がるタレント達の顔で更に笑いは大きくなっていく。

僕は昔からテレビっ子でどんな事でも笑っていたが、恐妻エピソードだけは、女性の普段見てはいけない部分を表で見ている気がして、その恐妻達が鎖の外れた猛獣のように見えて笑えなかった。笑いたかったのだが、怖かった。

その時期に重なった、悪魔からの宣告。

僕はその事実を聞いてからというもの、とりあえず女子を敵に回さないように接するようになる。

自転車通学をしていた僕は、前に女子がいたら抜かないようにした。抜いた事で「チャリ爆走男」として悪い噂が女子に広がるかもしれない。どうしても急いでいる時は、回り道をして抜いた。

授業中、文房具を落とした女子がいれば、積極的に拾った。拾わなかったら、「文房具無視黒板凝視男」として悪い噂が広がるかもしれない。

体育の後の冷水機は、女子がいればどれだけ飲みたくても遅く歩いて、女子が先に飲めるようにした。先に駆け足で飲みに行ったら、「冷水機熱愛男」として悪い噂が広がるかもしれない。だが、ここで気をつけなければいけないのは、女子が飲み終わってすぐに飲みに行くと、「冷水間接キス狙い男」として悪い噂が立つかもしれないので、女子がその場から完全に立ち去ってからでないと飲みに行かなかった。

　このように、女子を敵に回したら何をされるかわからない、小学生の時よりもやれる事と考えてる事の幅が広がりまくっていると思った僕は、とにかく気を使い、優しく接するのを普通にしていった。

　すると、僕には男友達だけでなく、女友達が急激に増えた。女子だろうと男子だろうと友達と喋る事は嫌いでなかった僕は、分け隔てなく喋るようになった。

　男女問わず迷える子羊たちの恋愛相談も受け、上手くいくように仕向けるキューピッド的な役割を担うことも少なくなかった。

　だが、上手く行ったら行ったで、これがまた大変。

　双方の嫉妬だ。特に迷える雌子羊。

　少しでも彼氏がほかの女子と喋っていたら、メンタルをやられ、自己嫌悪に陥る。そのケアも僕が承った。

　もちろんこれも女子を敵に回さないため。ここで僕がケアを怠ると、再び最低男として悪い噂が広がる。

　僕は必死でケアをした。

　そんな事をしていると、僕は入学当初とはまるで違う評価を中1の最後の方から受ける事になる。相変わらず一人称は「僕」を使い、誰にでも優しくしていると、女子から「性格がなぁ」なんて言われることもなくなり、女子たちはこぞって僕のことを「慶一」と下の名前で呼び始めた。

　こうなると一気に距離も縮まった風になり、親しみやすい存在として扱われる。

　中2になった頃、1年前まで僕にとっては悪魔であったマキが吉報を届けてきた。

「慶一って女子たちからちゃんとモテてるよ」

　モテるものが偉いとされる中学生にとっては、またとない知らせだ。

　だが、僕は喜び方を知らなかった。小さい頃から5つ上の兄のお下がりでおもちゃやゲームはあったため特に物欲も無く、買ってもらえた時の喜びを経験して来なかったし、サンタクロースには希望の物を貰えたことはない。

　ヒーロー物の番組を見ていなかったので、生でヒーロー達に会えたところで喜びはなかった。

　小学生の時にハルが自分のことを好きだと知った時は、恋愛なんてもっと年齢を重ねてからする事だと思っていたし、興味もなかったので、何も思わなかった。せいぜい喜びを表すのは、スポーツで日本の選手が勝つのを見た時か、兄にゲームで勝った時くらい。どれも下克上を果たした時に喜びの感情を露わにする幼少期だった。

　そのため、人の恋愛話には興味の湧く年齢ではあったが、いざ急に自分がモテてると言われると、一般的には喜ばしい事なのだろうが、どういう感情の表し方をしていいかわからず、

「誰に？」

と素っ気なく聞き返した。

マキは誰とは言わずに去っていった。マキの後ろ姿を見ながら、僕の感情は喜びから不安へと変わっていった。

今まで女子を敵に回さないように、誰にでも優しく接していたらモテた。

だが、これは本当の自分なのか。

ただのエゴイストが演じた、僕ではない僕がモテているのではないかと。

だが、これをしている時に苦痛と思ったことは一度もなかった。

ここで僕はひとつ決心をする。この演じている自分を本当の自分にしてしまえばいいと。誰にでも優しくしてれば嫌に思う人はいない。その結果モテているし、女子からだけでなく男子からも信頼されるからいい事しかない。

僕は自分に言い聞かせ、マキの後ろ姿を見ながら、襲ってきた不安を消し去った。

だが、この決心が後に僕の心の緑に、より多くの水を与えることになる。

マキの情報通りと言ってはなんだが、僕はその後すぐに初めての彼女ができた。

相手の名前は町中藍《まちなかあい》。通称アイだ。

アイと僕は1年の時同じクラスで2年では別クラスになったが、普段から頻繁にメールのやり取りをする仲だった。

もちろんアイにも敵に回られないように優しく接していた。そこに惚れ込んでくれたらしい。

告白はアイから。メールで急に「好き。」とだけ送られてきた。

僕はマキからのモテている情報を得ていたため、それほど驚くことはなかった。そして僕はアイの事は嫌いではなく、仲も良かったし、断った場合、女子が敵に回る可能性があると思ったので「じゃあ付き合う？」とだけ返した。

すると、アイからは「うん！」とだけ来たので、交際成立。

僕は異性と付き合う時の理想を高くしてしまっていた。月9で見ていたシチュエーションと随分違い、こんな感じなのかと少し落胆した。

だが、これにより晴れて初めての彼女を獲得。翌日からの学校生活を楽しみにしたのも束の間。

小学生の時の記憶がフラッシュバックし、こう思った。

『また大量の記者がやってくる』

と。

中学生になって、より一層女子は群れごとに行動するようになり、ピラミッドの上下も明確になった。明らかに上にいる群れ達には逆らえない様子の群れもいれば、いつかあいつらを越えてやろうと目を輝かせている群れも見てとれた。

ハルのように単独で行動するものはおらず、群れでの結束がより強くなり、同じ志を持っているもの達で群れている感じがした。

だが、これはあくまでも学校生活での話。大好物の恋愛話となればその情報を得たいという同じ志によりピラミッドは崩壊し、阪神園芸が整備した後の甲子園球場くらい綺麗な平坦になる。

そして、連合軍として襲いかかって来て再びあの地獄のような時間を過ごさなければならないかもと僕は恐れた。

こう思うまでアイの「うん！」の返信から1分も経っていない。

すぐさま僕はアイに返信をした。

「この事は皆んなに秘密にしよう」

「なんで？」

「二人だけの秘密って方がなんかドキドキしていいかなぁって思って」

「確かに！　わかった！　黙っとく！」

僕はそれっぽいことを言ってアイを納得させた。

翌日の朝。アイの親友のミカが近寄って来て、耳元で囁いた。

「アイとお幸せにね」

あまりにも早すぎたアイの裏切りに落胆しつつも、

「なんのこと?」

と、僕なりの迫真の演技でシラを切った。

「ずっと相談されてたんだ。だから上手くいったって聞いて嬉しかった」

「あ、そうだったんだ。一応アイと二人だけの秘密って事にしてるから、誰にも言わないでいてくれると助かる」

「なんで?」

「お前ら女子がワーワー騒いで来るのがめんどくせえからだよ」

なんて、もちろん言えない僕は、

「恥ずかしいしさ。二人だけの秘密って方がなんか良くない？　ってアイとなったんだよね」

と何となく理由をつけて口止めをした。

ミカは大きく頷いてわかったと言い笑顔で去っていった。

ナメていた。

口止めの意味は全くなく、次の日から恐れていたことが起きる。

おそらく僕らの下校後に阪神園芸がやってきて整備したのだろう。平坦になった地で連合軍となった女性記者達が押し寄せた。

「アイと付き合ってるんだって?」

「デートする予定は?」

「どんな感じで付き合ったの？」

「アイ呼んで来ようか？」

「今幸せ？」

今回は各々の質問が四方八方から飛んできた。僕は女性から囲まれることがあったらそれは天国だと思っていたが、そこは地獄と化した。記者達の目が黒目だけになり口だけがほんのり微笑んでいる。

この光景が今でも頭から離れない。

「皆んなソッとしといてよー」

と言って逃れる日々。来る日も来る日も、少し人生経験を積み、語彙を手に入れた女性記者達が、質問内容を微妙に変えて自分に襲いかかってくる。

「アイとどんな感じ？」

「喧嘩とかしてない？」

「どれくらいの頻度でメールしてるの？」

誰にでも優しく接していたことが裏目に出た。

女友達が多かったため、皆遠慮をしない。ズカズカと僕の中に入って来ようとする。怖くて敵に回さないように仲間にしていたはずが、いつの間にか仲間に苦しめられる事となり、僕は詰んだのだ。

人間関係を築いていくとなるとそれなりに時間がかかることは、中学生にでもなればわかっていた。特に、女子と仲良くするなんて非常に繊細で時間がかかる。

だが、それは崩れるとなると一瞬だ。ダイナマイトで建物を解体する時くらいに。

もし僕が女性記者達からの質問に一回でも不信感を抱かれるような返し方をすれば、今まで嫌われないようにやって来たことが全て無駄になる。そして、仲間から苦しめられるのではなく、敵となり苦しめてくる。

だが、このままでいれば記者達からの質問攻めは続く。

逃げ場がなくなった。

そんな時に改めて男友達の大切さを知る。

「女子に囲まれて羨ましいなぁ」

「何も楽しくないわ」

「まぁお幸せに」

冗談を混ぜながらからかって来たものの、クエスチョンマークをつけて来る者は少なく、ただ見守ってくれるやつらが大半だった。

女子の方が早く大人っぽくなると言うが、僕はこの時に、女子の方が早くに大人っぽく見せるのが上手くなってるだけで、全員が女優なんだと思った。

男の方が馬鹿なのは間違いない。しかし、それは不器用なだけで、人間関係においてはよっぽど男の方が大人らしい対応をしていると感じた。

アイと付き合う契約を交わして1ヵ月ほどで、僕は記者達からの質問攻めに耐えきれなくなり、別れをメールで申し出た。

「もう別れようか」

「なんで？」

「何か合わないかなって」

「判断するの早くない？」

「アイが約束守ってくれなかったし」

「私言ってないよ誰にも！」

この返事が衝撃的だった。

あまりにも簡単な嘘。

この言葉を信用する訳も無いし、これによりアイへの信用さえ無くなりかけた。

「ミカに言ったでしょ？　ミカからお幸せにって言われたもん」

「わかった。別れる」

これにて僕とアイの契約が途切れた。

次の日以降も、女性記者達は僕の所にやって来たので、僕はハッキリと別れた事を伝えた。

すると、記者達はいなくなりピラミッドの再建設が始まった。

そしてマキからこんな情報が入ってきた。アイとミカが喧嘩している。

僕のせいで喧嘩している事は誰にでもすぐにわかった。女子達のピラミッド建設の手が止まっている気がした。

ここで二人の仲を修復させないと自分は女子を敵に回す事になってしまうと思った僕は、すぐに二人の間に入った。

アイはミカが僕と周りの皆に言った事で別れのきっかけになったという事への怒り、ミカはずっとアイの話を聞いてあげていて、そもそも最初はアイが自分に言って来たのだから別れたのを自分のせいにされた事に納得いっていない怒り。

僕が誰にも言わないでという条件を出した事でこうなってるのは明白なので、全て僕が悪かったと謝った。

「うん。全部慶一が悪い」

「まぁ謝ってくれたしいいや」

その瞬間、どこからかカット！　の声が聞こえて来たかのように二人は表情を変えた。

二人は先程までの殺気漂う雰囲気とは真逆の雰囲気で、大笑いしながら歩いて行った。

僕の記者からの質問攻めが怖かったからという理由のもとの条件提示であったのにもかかわらず、結局、その恐怖に陥れた張本人の女優二人による自分達が被害者になれる名演技だった。

僕の中の芽は根を深くし、一気に花を咲かせた。

アイと別れてから、女性というものがさらに怖くなった僕は、より一層女性を怒らせてはならない、嫌われるような事をしてはいけないという縄に縛られ、女性の前では女性が男に必ず求める優しさを過剰に出した。

すると簡単にモテた。アイと別れてから2ヵ月後に僕には次なる彼女ができていた。

マヨという同い年の女性。

これも自分からの告白ではなく、向こうからのもの。

僕は断れなかった。だが、アイの時の経験を活かし、交際がバレたらバレたで隠さなかったし、記者からの質問攻めの嵐も、普通に答えたら3日程で過ぎ去った。

それからというもの、僕らは平穏な日々を送った。毎日のようにメールのやり取りをし、クラスが違った僕らはお互いの学校生活の報告をしあった。デートと呼べるほどのものではないが、二人で会って話もした。

僕は初めて異性を好きになれるかもしれないと思った。別に二人でいる時も苦ではない。特に相手が束縛などしてくる事もなくストレスもない。僕の周りに記者達がウジャ付く事もない。

僕は骨を折ったことがある。チョけた友達に後ろから押され転倒した時に、咄嗟に出た手が左手だけで全体重を左手親指の付け根で支えてしまい、骨を折った。

それは一瞬の出来事で、急にやって来た。

これと同じくらいマヨとの別れも急にやって来た。

マヨと付き合って半年が経過していたが、僕はマヨへの警戒心を解ききれず異性として好きになるまではいけずにいた。しかし、今まで過ごしてきた月日の事を思うと、もう自分の中で決心しなければという思いもあり、マヨを完全に好きになろうと必死だった。

いつも通りマヨからメールが届いた。

今日の報告会をしようと思ってメールを開いた。

「ごめん。別れよう」

これだけが届いていた。ごめんと謝罪から入るならそんなこと言わなければ良いのに、と思ったが、それは単なる現実逃避で、状況が受け止めきれない僕は理由を尋ねた。

「なんかね。周りの人とも色々あって疲れちゃった」

「マヨの気持ちはどうなの？」

「冷めたってわけじゃないけど、もういいというか」

〝もういい〟これは明らかに終焉の言葉だと察した。

そう言われては仕方がないと思った僕は、これ以上食い下がるのをやめ、契約を解除せざるを得なかった。

ここまで異性に心を揺さぶられたのは初めての出来事で、勿体無いかなという思いもあったが、相手を再燃させるという手段を全く知らない僕は、諦めざるを得なかった。

マヨとの契約解除から２日後。

マヨから１通の僕の中への水やりメールが届いた。

「やっぱ付き合ってたい」

またもや状況が飲み込めなかった。

「どうして？　周りの人と色々あったんじゃないの？」

「それはもう解決したし関係ないかなって」

「もういいんじゃないの？」

「振り回しているのはわかってるけどやっぱり付き合っていたい」

普通であればこれだけ想いを伝えられたら復縁するのだろうが、僕の中には汚れた棘々しいアザミの花が咲いてしまっていた。この花が僕の心を曲げた。

「一旦考えさせて。でも戻るはず。約束」

こう返信した。

マヨからの申し込みまでの２日間で、マヨの嫌な噂が耳に入っていた。中学生によくある、マヨが誰々の悪口を言っていたというものだ。

僕はより一層この復縁の申し込みにも何か裏があると思ってしまい、マヨに復讐してやろうと意気込んでしまった。

僕の返信後も、マヨとのメールのやり取りは続いた。交際中ほどではないが、盛り上がりを見せた。

２週間ほど経った頃、マヨから本題とも言える事をメールで聞かれた。

「慶一、私たちどうするの？」

「やっぱ付き合えない。ごめん」

「どうして？」

「マヨ人の悪口言ったりするし。やっぱり振り回されてる感すごいし。キツイかも」

僕はここぞとばかりに返信をした。

するとマヨから、メールなのに呆れた顔がすぐ浮かんでくる内容が返ってきた。

「それってミカの事？　それはミカの行いに対して注意しただけだし、慶一がそんな噂を信じる人だとは思ってなかったよ。振り回したのは悪いけど。どうして前にすぐ振ってくれなかったの？　戻るとか言ったの？」

「そうだったんだ、ごめん。それは前はまだ戻る気があったから」

僕は苦し紛れの嘘をつくしかなかった。

「でもう戻る気ないんだよね。わかった。ばいばい慶一」

僕は数日間、とんでもない罪悪感に襲われた。

中学生カップルにしては長い月日契約が継続していた。その月日でマヨは誰の悪口も言わず、愚痴も言わず、むしろ自分以外の友達同士の関係性に悩み、僕に相談してきていたほどだった。そこで見えていた本当のマヨの姿を信じず、見えもしない噂を鵜呑みにした僕はマヨを完全に失った。

僕は僕の手で水をやってしまったのだ。

僕は逆に混乱してしまった。女性の怖い一面が見えて成長していった花だったが、裏表がほぼない、ごく一部の女性との交際でも花は成長してしまったから。

自分の愚かさによって。


僕は高校で男子校に進学した。

女子と関わりたくなかったわけではない。自分が行きたい学校がたまたま男子校だっただけだ。

だが、この選択が良くも悪くも、僕の中の根を深くし花の数を増やすことになる。

男子校は入学式からとても過ごしやすかった。共学とは空気がジャングルとコンクリートジャングルくらい違った。誰にも気を遣うことなく自分のままでいられる、空気の美味しい素晴らしいジャングルだった。

入学当初は、人見知りしてしまいあまり話に入れなかったが、着実に友達も増え、学校行事を行う毎に、目に見えてクラスが一つになって行った。

学祭には、他校の生徒も入場可能なこともあり、女子高生も多くきた。

久しぶりに同世代の女子を近くで見て、可愛いという感情が止まらない。

「いた！　久しぶりだね！」

誰かと思ったら、中学で一緒だった情報屋のマキだ。隣には高校の友達と思われる女子もいた。

マキは髪をショートにし、覚えたてであろう化粧も薄くして垢抜けた感じがあり、少し緊張しながら話す自分がいた。

マキと数分話した後、一気に普及していたＳＮＳの連絡先交換をして、別れた。

マキに中学時代の友人たちがいるグループに招待され、断ることもできずに僕は参加した。すると、当時仲良くしていた女子の友達が次々に僕を友達追加していき、個人間で連絡を取るようになった。皆それぞれ個性のないプリクラのアイコンばかり。

だが、それを見た僕はなぜか興奮した。やはり中学時代とは何か違う雰囲気をそこに感じていたからだ。聞くと、やはり全員に彼氏ができていた。彼氏ができただけでこんなにも変わるものなのかと思いながら、色んな話を聞いていた。それが僕の中の花を成長させることになった。

男友達からも、彼女ができたなどの報告を受ける事があったが、まだまだピュアだった。惚《のろ》気《け》話を聞くばかり。僕は友達が幸せそうでなによりで、自分に彼女がいない事を焦りもしなかった。男子校だからという言い訳だ。

だが、女友達は違った。

惚気話を聞かされる事もあれば、相談される事もあった。そんなに恋愛の経験のない僕だが、相変わらず、嫌われないように、女子を否定する事なく聞くだけ聞いて、男目線で答えられるものは真剣に答えた。

自分でも何を言ってるのかわからない事もある。

それでも何故か女子は納得して、胸のモヤモヤがスッキリするらしい。逆に僕の中にモヤモヤができてしまうが、相手の中で勝手に良いように理解してくれているのだと思うようにしていた。

そんな中で、高2、高3にもなると、こんな事を女子に相談されるようになる。

『浮気したいんだけど』

僕の周りの男子にはこんなことを言う奴もいなければ、やる奴もいなかった。世間は男の方が浮気をすると言うが、ただバレているだけ。僕はこの相談にも乗った。僕は元々浮気は仕方のないものだと思っている。他に気持ちが行くのもやむを得ないと。

だから、そんな相談をされても背中を押そうと思っていた。

だが、何故そう思ったのか。彼氏の事は何とも思わないのか。

一応様々な質問をしたが何一つとして納得できる答えは返って来ず、救いようは無かった。

女子の方が大人になるのが早い。

これの本当の意味を感じた気がした。

世間では女性が不倫するテーマのドラマが放送されたりもした。

ＳＮＳを見ていると、これに憧れる女性もいれば共感する女性もかなりの数いて、それなりのヒットとなった。

それなのに、何故か男の不倫は許されなかった。

中学時代にあった恐妻ブームからなのか。女性が完全に男の上に立つ世界が来てしまっている気がした。

男が上じゃなきゃいけないというわけではない。平等で良い。女性を上にあげるのは男だというのは、生きて来てなんとなく思っていた事だったが、女性が男を下げて上に立っている世の中な気がしていた。その世の中を見て育った僕の女友達には、自分は浮気したいと言うくせに彼氏の浮気は許さないなどとほざく阿婆擦《あばず》れもいた。

その頃からだろう。僕は更に女性を怖いものとして見るようになってしまった。

丁度この頃に大ヒット恋愛漫画を実写化した映画が公開された。主演の男優女優は今をときめく人気者で、興行収入もとてつもない数字になっていた。ある日高校の友達からその映画に誘われて自分も行って観る事になった。

ひょんな事から二人はある日突然出会う。

二人は次第に惹かれ合うが、二人を阻む幾つもの壁が。その壁を乗り越えようとする直前で邪魔するライバル。ライバルのせいで引き裂かれそうになる二人だが、雨に打たれながら思いを語る男優。その思いを聞いても振り返らず、泣きながら雨の中走っていってしまう女優。全てを乗り越えて最後の大クライマックスでプロポーズ。

映画館に客の啜り泣く声が至る所で響いた。

全てが美しすぎた。今まで感じた事や体験してきたものとかけ離れすぎている気がした。そして全シーンが美男美女の二人だから成り立っている気がして、ある意味その映画に納得できずにいた。そんな状況の中で僕の鼓膜を揺らした啜り泣く声。

全てが重なり、オモシロくて僕は笑ってしまった。声を出さないようにしていたが、出てしまう。

場違いなのはもちろん承知の上だ。

だが、何故か込み上げて来る。

感動している周りの客からは冷たい視線を送られ、一緒に観に来ていた友達にはそれから二度と映画に誘われることは無くなった。

僕はそれからというもの恋愛ドラマ、恋愛シミュレーションバラエティ、どれを見ても心から楽しめなくなってしまっていた。

そして、どうしてもオモシロくて笑ってしまった。

高校を卒業し、就職を選択した僕は社会に出た。

周りの先輩は結婚している人ばかり。

ただ、幸せ一杯だと言う人はいなかった。

「そんなもの新婚だけだ。あとは少し下って横ばいだよ」

と。

幸せは幸せらしい。

それでもしんどい時の方が多い。それを二人でどれだけ許し合い、助け合い乗り越えていけるか、らしい。

そんな話を聞いても僕は結婚願望も湧かなかったし、女性と付き合いたいとも思えなかった。

色々先輩からアドバイスももらった。それを聞く度にむしろ自信を無くした。自分にはその度量がない。女性を喜ばせられる気がしなかった。そして恐らく次恋愛をした時、自分は仕事が手に付かなくなる気がした。

社会に出た事もあり、色々な経験はさせてもらった。

出会いもあった。

だが発展はしない。

いや、僕が発展させないようにしている。

出会う女性は皆、敬語じゃなくてタメ口でいいよ、なんて優しく接してくれたが、僕はそれを断固として拒否した。タメ口で話すような関係性になったら、距離感が近くなりすぎる気がしたからだ。近くなりすぎて、また女性の黒い部分を目の当たりにはあまりしたくない。良くも悪くも何も思わない距離感のままでいたかった。

ただそうしても人間は恋愛話や下世話な話が好きで、そんな話にはなる。僕は何とも思わないというより、むしろ肯定派になっているほどだったが、当たり前のように皆彼氏以外の人との経験があることに対して、人間てエロいなと思うばかり。自分にはそんな経験ないけどこの人たちは強がってるだけで嘘のエピソードを語っているのだとも思った。

まだ目の当たりにしていない世界のことを喋られれば喋られるだけ、自分には遠い異世界の話のような気がして、どんどん恋愛というものが現実味を帯びなくなっていった。

月日は流れ、就職してから10年が経った。

相変わらず、僕の女性関係はある意味破綻していた。

中学の時から身に染みついた女性を敵に回さないような接し方。

そして社会人になってからしている、どんな相手でも女性であれば敬語で接するやり方。

28歳にもなれば、年下の女性の部下や知り合いももちろんできているが、僕は敬語を使っている。

そんな事をしていたら、当たり前のように彼女などできる事なく、独り身を楽しむ日々。

自炊のしすぎで料理の腕前だけ上がっていく。性生活も一人で楽しむだけ。この生活に何も苦を感じていないし、むしろ誰も邪魔しないでくれとまで思っていた。

この10年の間に男友達とルームシェアをしてみた事もあったが、僕にはあってなさすぎた。

男女問わず僕の家に人が泊まりに来ることは多々あった。それは全然嫌ではなかったし歓迎していたが、単なるイベントでしかなかった。一緒に住むとなると全くの別。

この頃の僕はすっかり自分の中で、一人で生きて行くことしかできないタイプの人間になってしまったんだなと感じていた。

いつものように会社に出勤すると、同僚が話しかけてきた。

「お前、『ひとつひとつ』観た?」

「いや、そういうのあんまり興味ないから観てないな」

「絶対に観た方がいいよ」

「んー苦手なんだよね。それにこの年齢で一人で行くのもだし」

「じゃあ俺も一緒に行ってあげる。もう一回観たいし」

『ひとつひとつ』とは今年公開された恋愛映画だ。

20代前半の頃は話題の恋愛ものを観てみたりする事もあったが、オモシロくてやはり笑いが込み上げて来てしまう。それはもう呆れの笑いでもあった。だから、僕は5年以上恋愛ものから距離を置いていた。しかし、同僚が凄い熱量でオススメしてくるので、久しぶりに触れてみる事にした。

同僚と現地で待ち合わせをして、いざ入場。

恋愛映画という事もあり、若いカップルが多いのかと思っていたが、意外とそんな事もなく中年の男女も見受けられた。タイトルからして絶妙にダサく感じ不安もあったが、せっかくの映画館での映画鑑賞。ポップコーンとコーラを買い上映に備えた。見慣れたカメラ人間たちの踊りを見終わると静かに映画が始まった。

主人公の名前は田村《たむら》幸樹《こうき》。

顔も身長も体型もいたって普通の日本人という感じだ。

演じている男優は今をときめく男優というわけでもなく、ハッキリ言って初めて見た。

もう一人の主人公の名前は安田《やすだ》梨月《なつき》。

演じている女優は、女優という事もあり華奢ではあるが、言い方を悪くすればこのくらいの女性は世の中にたくさんいるだろうなという感じで、こちらもハッキリ言って初めて見た。

あまりにも知らない人たちのダブル主演だから、逆に頭に入って来ないんじゃないかと不安にもなったが、その半面興味も少し湧いていた。

ベッドシーンのクライマックスで映画は始まった。

喘ぐ女。

激しく動き数秒経った所で果てる男。

二人は息遣いが荒いまま添い寝する形になりそのまま眠りに落ちていった。


朝。目覚める私。隣を見る。

「きゃっ！　誰？」

眠り続ける男。

雑に掛かった布団を捲り、自分が裸なのを確認する。

やってしまったと思いながら、そそくさと下着をつけ服を着て乱れた髪の毛を手櫛で整えながら靴を履き部屋を出ていった。

出口を出たところで振り向き、自分が今までいたホテルの高さに驚きながら、隣に寝ていた男の事をなんとか思い出そうとするも思い出せない。

ただ自分の体にアザや痛みはなかったため、お互いの合意のもとだというのはわかった。

私は時計を確認する。

朝の9時過ぎで今日は土曜だった。昨日は金曜だったので恐らく飲みに出たのだろう。だが、何故かそこまでの記憶も曖昧だ。とりあえず前から会う約束をしていた5年以上付き合っている彼氏の元に電車で向かうことにした。

彼氏の家に着きインターホンを鳴らす。

彼氏は出ない。

土曜の10時前だし彼氏も昨日飲んでいたのだろう。

起きてないのも仕方がないと思った私は、彼氏に起きたら連絡するようにメッセージを送り、一旦その場を離れた。

30分程近くのカフェで時間を潰していると、彼氏から「梨月ごめん寝てた。もう大丈夫だよ」と返信が来た。

会計を済ませ再び彼氏の家に向かう。

インターホンを鳴らすとすぐに彼氏が出た。家の中に入り、いつも通り携帯を机の上に置き荷物をソファの横に置くと、何か異様な空気を感じた。彼氏は決して酒臭くなかった。彼氏の家は1Kだ。寝る場所からインターホンまでの距離は遠くない。酔い潰れていたのならまだしも普通に寝ていれば起きるはずだ。何より部屋の中がいつもより綺麗な気がした。「女いた？」

私は直球で聞いた。彼氏は目を泳がせながら否定をしたが、無理があった。さっきまで自分も知らない男と寝ていた事なんて忘れて、彼氏を問い詰める。

すると、急に彼氏が謝ってきた。それでも私の怒りは治まらず怒鳴り散らしていると机の上の携帯が鳴った。そこには見覚えのない〝幸樹君〟の文字。それを見た彼氏がここぞとばかりに怒鳴り返してきて私たちの5年は呆気なく終わった。幸樹君なんて登録した覚えがない。それに私は怒鳴っていたが、浮気されてようと自分が浮気してようと彼氏とは別れたくなかった。

それを終わらせた幸樹という男は誰なのか。私は折り返しの電話をした。

「もしもし。すみませんどちら様でしょうか」

「もしもし。昨晩は楽しい時間をありがとうございました。その後大丈夫でしたか？」

「いや、あなたのせいで散々です。彼氏と別れる事になってしまいましたし」

「えっ！　僕のせいで！　それは本当にすみませんでした。悪気はなかったんです。お詫びをしたいのですが」

「そうやってまた私をどこかに連れ込む気ならうんざりなんですけど」

「またと言われてもどこにも連れ込んでないですけど、誰かに連れ込まれちゃいました？」

「え？　今朝私の隣に寝ていた人じゃないんですか？」

「誰と勘違いしてるのかさっぱりです」

「すみません人違いでした」

「いいえ」

しばらく沈黙があった後、何を思ったか私は思い切って「この後空いてますか？」と幸樹君を誘った。快く誘いを承諾してくれた幸樹君と本日2軒目のカフェで会う事に。

幸樹君と会う。

話を聞いて行くと、私と幸樹君は19時頃居酒屋で隣同士になったらしい。その時点で私は酔っていたそうで、幸樹君に彼氏との今の悩みを相談していたらしい。

そして幸樹君は私と一緒に店を出てくれて、その際に一応心配だからと連絡先を交換したらしい。最後までしっかりと見送ってくれたらしく、その後は知らないとの事だった。私は今朝彼氏と別れるまでの出来事を話した。すると彼は笑ってくれた。

「そりゃ散々でしたね。一瞬の気持ちの変化なんて仕方ないのに」

「そうですよね。で、私もつい感情的になっちゃったというかで」

「そうですよねって言う時点で梨月さんは浮気初めてじゃないですね」

「まぁ……。はい。最低ですよね……」

「全然ですよ。誰でも違う味を感じたいものだと思ってますし。それに昨日の時点で彼氏さんとの悩みの一つとして、彼氏は凄く好きなんだけど浮気してみたいって言ってましたもん。僕は思い切って背中を押したんですけど、まさかその日にワンナイトをしてるなんて」

「自分でも情けないです。復縁できないんですかね」

「んー。難しい気がしますけどね」

「何でですか？」

「彼氏さんは別れたかったんだと思います。じゃないと5年の関係ってそんなに簡単に崩れないと思うんです。今回に関してはお互い様ですし。でも梨月さんがもう一度と強く思うなら連絡してみるのもありだと思いますよ。また彼氏さんと話し合えるかもですし」

私は自分の話をよく聞いてくれて、決して私を否定する事なく最後には選択肢を与え背中を押してくれる幸樹に心を開いていた。

私は幸樹のアドバイス通り元彼に連絡をした。

交際中は返信の早い相手だったが、３日返信が来なかった。

そのことを幸樹に連絡すると、

「やっぱり来ませんでしたか。まぁ切り換えて行きましょう。梨月さんお綺麗ですし大丈夫です。すぐ相手見つかりますよ」

と、ただちに返信が来た。３日間放置された私は、男から即座に返信が来ることがこんなに嬉しかったっけと思った。

幸樹との連絡を途絶えさせたくなかった私だが、何も話題が思いつかずにいた。

すると、幸樹から追伸が来た。

「ほら、先日浮気は初めてじゃないっておっしゃってましたし、モテるんですから」

と、私を少しいじったような皮肉な内容だった。

それでも幸樹なら全然嫌じゃなかった。それにツッコむような返信をしてから私たちの会話は途絶える事はなかった。

1ヵ月に1度会うかどうかくらいのペースで会い、会った後も連絡は続いた。幸樹には女友達がたくさんいた。女に囲まれた幸樹は浮気はされるものだと思ってるらしい。何故そう思うのか聞くと自分もするかもしれないし、自分では女を満足させられる自信がないかららしい。最善は尽くすが足りないところは必ず出てくる。他の男がそれを補ってくれて相手が幸せならそれでいいと。行き過ぎた考えな気もした。それを話す幸樹の目は真っ直ぐだったが何処か寂しさも感じられた。仕事の悩みも聞いてくれて真摯に受け答えをしてくれた。

幸樹の家に泊まりに行くことも度々あった。それでも特にどうなることもなく、近くで寝ているだけ。紳士なのか奥手なのか。

ある一定の関係になってから、私たちの距離感は縮まる事はなかった。原因の一つと考えられるのが幸樹の敬語だ。私がタメ口で喋っても、幸樹は敬語だった。たまに盛り上がるとタメ口になる。その瞬間を幸せとも思えたが、縮まってる気はしなかった。それでも幸樹と連絡を取るのは好きだったし、一緒にいるのも気が楽だった。


僕は映画を観ていて衝撃を受けた。幸樹が自分と重なり過ぎている。

ポップコーンを食べる手など止まりっぱなし。同僚を見ると、僕の方を見てニヤリと笑った。

再び映画に目を戻す。梨月が家の掃除をしている。

初めて幸樹が家を訪ねて来ていた。僕はそのシーンの幸樹を見て少し違和感を覚えるが理由は定かではない。そのシーンでは幸樹が初めて梨月を旅行に誘っていた。突然の事と、流石に幸樹とはいえ、男と二人での旅行というものに少し困惑した表情の梨月だが、幸樹ならと了承していた。

旅行のシーンではテンションが上がっているからなのだろう。幸樹はタメ口が多め。普通の映画ならここで大事件が起きそうな所だが、起こった問題は替えの靴下を持ってくるのを忘れたという事くらい。男女二人の平穏な旅行を見せられている感じだった。

だが、僕にはそれこそが凄く幸せそうに見えた。旅行から帰って来た二人のメッセージのやり取りの画面が映る。幸樹がタメ口になっていて呼び方も呼び捨てになっている。それを見ながら微笑む梨月が映った。梨月は幸樹を食事に誘った。いつも通りの行動だが食事する当日、少しメイクを念入りにした梨月が先に店に着く。幸樹が少し遅れて到着。これもいつものことだ。食事も終盤に差し掛かった所で幸樹が改まった顔で話し始めた。

「俺、結構女友達いるけど、ここまで仲良くなったの初めて。だから付き合わないか」

告白だ。

初めて幸樹が梨月の家に訪れている時に感じた違和感は、本気で恋をし始めたために雰囲気が垢抜けていたのだと気付く。

梨月が告白を聞いて真剣な顔になる。

「幸樹……。私彼氏いるの。もう付き合って3ヵ月になる。それを報告しようと思って」

幸樹は浮気相手だった。

そして梨月が携帯で彼氏の写真を見せた。

そこに映っていたのは元彼でもない。最初のシーンでワンナイトをした男だった。

幸樹は瞬時にその男について質問を始め、これまで通りの関係性でいようとしている。その姿があまりにも僕にとっては酷だった。せっかく心を開き恋をした女性に裏切られた形で、質問をすればするほど梨月は楽しそうに話し、その答えで自分の首を絞めているからだ。それでも幸樹は質問を続けていた。

シーンが変わった。『2年後』と書いてある。最初のシーンと同じようなベッドシーンだ。喘ぐ梨月。激しく動き数秒経った所で果てる幸樹。

幸樹⁉

あまりの急展開に頭が追い付かなかった。ラストのシーンは銀色に輝く幸樹の左手薬指の指輪と携帯画面。梨月に送ったメッセージが映っている。

『そういえばさ、この間言ってた渋谷でナンパされて付いていっちゃった話、帰ったら詳しく聞かせてよ』

ハッピーエンドなのかバッドエンドなのかは、観てる人の恋愛観次第の終わり方。

恋愛に対する女性をどこか拒否し続け、幸せとは何なのか分からなくなっていた僕には、その終わり方がとても好きだった。

久しぶりに笑わない恋愛映画だった。

この映画を観て以降、最近僕は恋愛映画がオモシロくなくなり、面白くなった。

みてよマシーン

上田航平

（Fetus）が世界初の観客ロボットを発表、ネットは怒りの声

♥　2052年2月1日　22:00　配信

（Fetus）が世界初の観客アンドロイド（Perfect Pumpkin）を発表した。

（Perfect Pumpkin）は理想的な観客を目的として作られた人間型ロボットである。開発者の相《そう》馬《ま》倫《りん》氏は「アーティストのパフォーマンスは、観客によって大きく左右されます。例えば、演劇の舞台でお客さんが全員目を閉じて眠っていたら、役者はやる気が起きませんよね？　反対に、もしもお客さんが全員目を輝かせて鑑賞していたらどうでしょう？　彼らは気持ちよく最高の演技を披露することができます。つまり、観る側の質によって観られる側の質が変化するということです。これからの時代は、観客の重要性を再認識して、作り手が観客を正しく

コントロールする必要があるのです」と話した。これについてネットでは「まったく言っていることが理解できないのは俺だけ？」「ロボットに見せてどうするの？　誰得？」「観客が寝てるのはその演劇がつまらねえからだろ？（笑）」「観客のせいにした結果、観客をロボットにしてしまうという皮肉」「てか社名と製品名をカッコでくくる感じなんか腹立つ」などの批判的な声が散見された。

深夜、相馬は倉庫にいた。

天井からは、青白く光る、頼りない蛍光灯がひとつだけぶら下がっている。

相馬は腕を組み、機械仕掛けの群衆を見つめた。

彼らはマネキンよりも生々しく直立して、じっと、前だけを見つめている。

相馬がひとつの男の前に立つ。男の顔に、自分の顔を、極端に近付ける。

鼻の毛穴から睫毛の一本一本にいたるまで、それは限りなく、生物であり、人間であった。

相馬は、まるでナルシストが鏡に見入るかのように、自分の科学技術に惚れ惚れしながら唸った。

しかし突然、彼は歯を食いしばると、その男を蹴り倒した。

それは飛ぶように倒れ、後方のそれらも次々に激しい音を立てて倒れていく。

相馬は跳び上がり、拳を突き上げて雄叫びを上げた。

「見ろよ白岩《しろいわ》！　今夜は全部倒れたぞ？　ひゃはははは！」

白岩怜《れい》は、興奮する相馬の声を背中で聞きながら、苦笑いで倉庫の清掃を続けた。

白岩は先月相馬に雇われたアルバイトだった。「夜勤、事務作業、高収入、明るい職場」そう書かれた募集要項を見て応募したのだが。明るい、職場。

薄暗い倉庫とは対照的に、狂気的に陽気な相馬が飛び跳ねる。

「ねえ白岩！　見なよ？　見てよ？　見たか、これぞ、大衆のストライク！」

（Perfect Pumpkin）と名付けられ、発表された理想の観客ロボットは、世間から拒絶され、いっさいの需要がないまま生産中止となった。

ロボットは社会と会社のお払い箱となり、相馬は余すところなく絶望した。

しかし翌年、千載一遇のチャンスが訪れる。

テレビ局が番組観覧に（Perfect Pumpkin）の導入を決定したのだ。汚名返上とばかりに満を持して登場することになったのは、その年の年末の生放送、身長１６０センチ以下のお笑い芸人日本一を決める大会「トップ・オブ・ザ・スモールワールド」の決勝戦だった。

視聴者たちは、観覧席に緊張した面持ちで座る、どう見ても人間にしか見えない精巧なロボットたちに興奮し、好奇と期待の眼差しでテレビを見つめた。しかし、ネタが披露されるや否や、人々は唖然とする。

常軌を逸した大袈裟なリアクションと、まるで薬物を過剰摂取したような抱腹絶倒。ロボットたちが壊れたように笑い続ける異様な光景に、審査員も出演者も、すっかり興醒めしていた。そんな中、出オチで2分41秒にも及ぶ爆笑を巻き起こして見事優勝したお笑いコンビ、いっすん。そのツッコミ担当である小槌《こづち》は、番組終了後、配信アプリで（Perfect Pumpkin）への不満を酒の力を借りてぶちまけた。

「俺はロボットを笑わせるために頑張ってきたわけじゃない」

小槌が涙ながらに熱弁する切り抜き動画があらゆるメディアで拡散され、小槌は支持され、相馬は拒否され、結果的にそれがとどめとなって、（Perfect Pumpkin）は無用の長物、完全な粗悪品の烙印を押された。

「なぁ、白岩？　見てよ、ねえ、白岩？　どうして見てくれないの？　ね、ねぇ、て、ば」

相馬から嗚咽の声が漏れた。白岩は目を閉じて、数秒間だけ現実逃避をする。

それから雑巾を丁寧に畳んで床に置き、ボウリングのピンのように倒れたロボットたちに埋もれて震える相馬を見つけて声をかける。

「大丈夫ですか？」

「だめだよ、もう終わりだ、俺の人生終わりだ、捨てたい、この人生、今すぐ捨てたい」

「なんとかなりますよ。大丈夫ですよ、きっと」

大丈夫じゃない、絶対。そう思いながら、白岩は泣きじゃくる相馬に励ましの言葉を羅列した。これが彼女の事務作業だった。アルバイト初日はこんな職場ではなかった。書類の整理や夜食の買い出しなど、それなりに仕事らしい仕事があった。相馬も自身の過去を振り返りながら「今にして思えば、あの辛い経験は、人生が美味しくなるための香辛料だったわけ」などと上機嫌に振る舞っていたのだが、4日目の深夜にぶっ壊れた。

しかし、相馬は立ち直りも早い。次の日には完全回復して、鼻歌を歌っているような有様だ。

慰める、元気になって、自己崩壊。この繰り返し。すぐに元気になるので、いかんせん見捨てることもできず、白岩は相馬のタチの悪い立ち直りにうんざりしていた。

「ありがとう白岩。俺、頑張るよ。もう、へこたれない。俺の人生は、俺が守る」

毎度お馴染みの宣言をすると、相馬は立ち上がって、ロボットを抱き起こす。

破壊衝動に駆られて、ロボットを蹴り倒してしまうのは恒例行事であった。

「ごめんな、ごめんよ、頑張ろう、みんなで頑張ろう」と一体ずつに声をかけている。

無表情なロボットが、どことなく迷惑そうに見える。

白岩は思った。いくら高額バイトでも、これ以上この男に関わるのは危険かもしれない。

そもそもこんな仕事が高額バイトなのも理解できない。一体どこから給料が？

社会に爪弾きにされた男に収入源などあるわけがない。絶対によからぬことをしている。いずれにせよもう懲り懲りだった。白岩が、来月での退職を願い出ようとしたその時、扉をノックする音がした。相馬が小動物のように振り向く。再びノックの音がした。

相馬が満面の笑みを見せる。「お金だ！」

CHAPTER 1　ワタシもみててよ

【美咲のユーラシアとは？】

美咲のユーラシア（みさきのユーラシア）は、日本の女性アイドルグループ。株式会社「ビコーズランプ」所属。通称「美《み》ユー」。ファンのことを「大陸」と呼称する。旧グループ名は「KISS MAZIK」。２０４８年結成。メンバーは美咲、藤崎《ふじさき》ピアイ、安田《やすだ》デジニの３人。元メンバーである野々村《ののむら》チェリ、寺井《てらい》ロカはファンとの度重なる私的交流により２０５２年に脱退。２０５４年「赤くなったアルドラ」とのツーマンライブで、解散ライブの開催を発表した。


「この子たちの、解散ライブを埋めてほしい」

テーブルの上には「ビコーズランプ社長　地弐与四郎《じによしろう》」と書かれた名刺が置かれている。

「美咲のユーラシアは、私が手塩にかけて育ててきたアイドルだ。有終の美を飾らせてやりたい」地弐が紙巻きタバコにマッチで火をつける。

「おまかせください、最後に最高のライブを提供させていただきたく存じます。もちろん、それ相応の金額をいただくことになりますが、ご了承くださいませ」

さっきまで号泣していたのが嘘のように、相馬が地弐とビジネスの話をしている。

「あれが、その、ロボット?」地弐がタバコの煙を、ロボットたちの方へ吹きつける。

「はい、そのロボットに存じます」

「いい目してるな。飼い慣らされた人間と同じ目だ」

相馬が、はっははと、ロバのような声で笑う。

「これなら、あいつらにもバレないか」

「ええ、美咲のユーラシアの皆さんも、まさか、客が全員ロボットだとは思いませんよ」

地弐が吸ったタバコの灰を床に落とす。

その掃除したばかりの床を、白岩が能面のような顔で見つめる。

「しかし、考えたな。サクラロボットの斡旋とは」

「ええ、そうなんです。世の中には、『お客を欲しがるお客様』が沢山いらっしゃいます。どうしても、埋まらないライブを埋めたい。でも、関係者だけで埋めると、盛り上がらない。そんなニーズにお応えするのが、この（Perfect Pumpkin）でございます。ロボットなので情報漏洩の心配もございませんし、確実に盛り上げることを保証存じます」

相馬が、不器用な敬語で説明を続ける。

「実はですね、以前テレビ局でお仕事させていただいた関係で、業界にコネができまして、地弐様のような大物業界関係者の方に、こうやってこっそりと内緒の内緒で『理想の観客』をアテンドさせていただいているわけです。今後とも、ご贔屓に存じます」

「ちなみに、大丈夫なんだろうね？　例の番組では散々だったみたいだけど」

「地弐様、その点に関しては、ご安心ください。あれはお笑いの番組でしたから。日本のお笑いは小難しいので、客の笑い過ぎにも文句言う馬鹿がいるんですよ。その点、音楽のライブは盛り上がり過ぎなんてことないですから。間違いなく満足していただけると存じますよ」

相馬が胡散臭く微笑む。

「そうか、じゃあ頼むよ。これでよろしく」

地弐はセカンドバッグから取り出した現金の束をテーブルに放り投げると、颯爽と倉庫から去っていった。

「キャッシュ！」

相馬が現金に飛びついて、枚数を数え始める。

「こういう商売だったんですね」

白岩がタバコの吸い殻を拾いながら顔をしかめる。

「白岩にもたんまりお給料あげるから期待してて」

「なんか、悪いことしてる気がするんですが」

白岩は濡れた雑巾でタバコの灰を拭き取る。

「それは偏見だよ。ガラの悪そうな人と札束ってだけで、悪事と決めつけちゃダメだよ。ライブが超満員の大盛り上がりだったら、彼女たちは、悔いなく解散できる。誰もが得をする、優しい世界だろ?」

「でもなんかおかしいですよ。あの社長は損してないですか? ライブ会場に、人間のお客さんはいっさい入れずにこんな大金まで払ったら、事務所としては大赤字じゃないですか? そんなことします?」

「話聞いてたろ? 手塩にかけたアイドルグループの解散。社長の気持ち、わかるだろ? お金じゃないんだよ。愛だよ、愛、ラブ」

「そんなタイプに見えませんでした」

「だったら調べてあげよう」

相馬が、現金を膝に置いたまま、スマホで「美咲のユーラシア　ゴシップ」で検索し始める。するとすぐに数枚の写真が出てきた。地弐が、地方の空港で、大きなサングラスをかけて、美咲のユーラシアのひとりと手をつないで歩いている。「ほれみろ愛じゃん」

相馬が再び現金を数え始める。白岩の雑巾は真っ黒になっていた。

——さていよいよ来週、美咲のユーラシアとして最後のライブを控えているわけですが、率直な今の気持ちをお聞かせください。

美咲　ラストライブなので、自分たちのベストを尽くして、これまで応援してきてくださったファンの皆さんに少しでも恩返しできたらと思います。

ピアイ　さすがリーダー。優等生。ただ、可愛いだけじゃない。

――ピアイさんは？

ピアイ　私も、ただのお色気担当じゃないってとこ見せたいっすね。

美咲　じゃあ、今回、お色気は封印？

ピアイ　ビキニで出ちゃおうかな（笑）。ラストビキニ（笑）。

美咲　エロ全開じゃん（笑）。

ピアイ　嘘嘘（笑）。でもマジで超気合い入ってます。頑張ってます。

――デジニさんはいかがですか？

ピアイ　デジは全体練習終わった後に、いつもカラオケで一人練してますから。

デジニ　え？　あ。（驚いた様子）

ピアイ　デジは偉いんですよ、いっつも。チェリやロカと違って真面目で。

美咲　ね待って今日、その話しかしてないじゃん（笑）。暴露しかしてない（笑）。これ大丈夫なの？

ピアイ　もういいじゃん、最後だし。正直あいつらは最低な女たちでしたね、ねえデジ？

デジニ　（困った様子）

美咲　絶対カットしてくださいね（笑）。

ピアイ　ついでに暴露すると、美咲はソロが決まってます。

美咲　ねえ、ちょっと、マジで喋り過ぎ！

ピアイ　今日はもう全部ぶっちゃけます（笑）。

美咲　じゃあ言いますけど、ピアイ、彼氏います！

ピアイ　それはダメじゃない？

美咲　しかも、その彼氏は、

ピアイ　（激しく遮って）ダメダメ、はいおしまい、ここは、ほんと絶対カットで（笑）。

――暴露合戦も終わったところで（笑）、最後にこの記事を読んでいる方々に、皆さんからメッセージをお願いします。

美咲　今まで応援してくださって、本当にありがとうございました。悔いが残らないように頑張ります。あ、配信もあるのでよかったら観てください。

ピアイ　そりゃもう来てください。私たちの集大成なので。これが最後ですけど、新規も記念で見てくれたら（笑）。

デジニ　みんなに見てほしいです。それだけです。

この日のインタビューは終始和やかなムードだった。しかし私は彼女たちの言葉の端々から、今回のライブへの並々ならぬ思いを感じた。ラストライブはきっと地球を揺るがすような最高のユーラシアを見せてくれるに違いない。

〜ウェブマガジン「IDOL BUBBLES」　則本明〜

真夜中に、軽トラックが小さなライブハウスの前に到着した。運転席と助手席から帽子を目深に被った男と女が降りる。トラックの荷台には、気泡緩衝材とガムテープにくるまれたロボットたちが粗雑に詰め込まれていた。

相馬と白岩は寝かせた彼ら、観客を持ち上げて次々と搬入していく。

「こういうの引っ越し業者とかに頼まないんですか？」

「だってバレたらマズいじゃん？」

「重いんですけど？」

「人間よりは軽いよ。その技術を褒めてほしい」

「絶対2人でやる仕事じゃないです」

「バイト増やしたら給料減るよ」

ぶつくさ文句を言いながら、およそ3時間半かけて全ての観客を運び入れた。

事務作業の範疇を超えている。白岩は、ステージの上で、汗だくになってうなだれる。

一方、相馬は重労働を物ともせず、客席にぎっしり敷き詰められたロボットと、ボタンだらけの装置とのワイヤレス接続をひとつずつ確認していく。相馬がボタンを押すたびに、ロボットたちが笑って叫んで体を揺らし、誰もいないライブを盛り上げる。手際よく観客が操作されていく様子に、白岩はいつしか見惚れていた。まるでライブのピースがひとつずつ埋まっていくようだった。しかしその中に、一体だけ、まったく動かないロボットがいた。接続不良のためか、ただ、まっすぐにステージを見つめる女の子がいた。白岩は彼女を見つめながら、幼い頃の自分を思い出していた。

近所のデパートの屋上でヒーローショーを見た。

それは戦隊モノで、色分けされた戦士たちが、悪の組織と戦う。男の子たちの歓声に囲まれながら、私はステージに熱い視線を送っていた。

私が見ていたのは、赤色の戦士。マスクで顔は見えないが、いつもテレビで観ているその戦士が今自分の街で悪と戦っている。胸が高鳴った。そのショーの中盤、怪人に戦士たちがやられてしまい、客席の子供たちに助けを求める場面で、その時ほんの一瞬、その赤い戦士と目が合った。

目が合った、気がした。

１秒にも満たないその一瞬で、私の頭は真っ白になった。

一方的だったはずの想いが、目と目が合っただけで。人生で初めて宙に浮く気分を味わった。

　そしてまた私は、赤を目で追い続けた。ずっと、赤だけを。

「やっぱりやめませんか？」

　気が付くと、白岩は相馬に叫んでいた。

「相馬さん、やっぱり、ロボットだけにするの、やめにしませんか？」

「なんで？」

「大事なことを忘れてました」

「なによ？」

「お客さんです。人間のお客さんのこと忘れていませんか？」

「忘れてないよ。むしろ、地弐様のことしか考えてないよ？」

「そっちじゃなくて、ファンの人たちのことです。ずっとこのグループを応援してきたファンの人たちが、最後の解散ライブを観れないなんて、ダメなことだと思います」

　白岩は諭すように、相馬に語りかけた。相馬も諭し返すように、白岩に語りかけた。

「いやでも大丈夫だよ。これは配信もあるんだよ。ファンの人も観れるから大丈夫だよ？」

「それもおかしいですよ？　どうして、ロボットが生でライブを観て、人間が配信でライブを観なくちゃいけないんですか？」

「え？　じゃあ逆ってこと？　人間が生で、ロボットが配信ってこと？　どういうこと？」

相馬がボタンを押す。接続不良だった少女が笑った。

「ライブは、その会場でしか味わえない感動があるんです。相馬さん、彼女たちをずっと見てきたファンがいるんです。その人たちの気持ちを考えてみてください」

相馬がためいきをついた。

そしてロボットたちの間をすり抜けて、白岩のいるステージによじ登った。

振り返り、口をとがらせて、しばらく客席を見下ろす。またひとつためいきをつくと、相馬が、両方の眉毛を下げながら、言った。

「俺、ファンとか、よくわかんないんだよね」

「はい？」

「いや、ファンの気持ちとか、全然わかんないのよ。ファンってなんなのか、わかんない。好きなバンドとかいるけどさ、解散するから絶対生で見たい、とかは別にないんだよね。だから俺はそういうの、よくわかんない」

白岩はその時はじめて理解した。だからこんなロボットが作れるんだ。

観客ロボットが、いかに観客を馬鹿にしているかわかっていないんだ。白岩は腑に落ちた。

そして、リュックサックの中から、自分のタブレットを取り出すと、とある記事を見せた。

「これ、美咲のユーラシアのインタビュー記事です。これ、読んでみてください」

「いや、そんなの読んだって、ライブ明日だし、」

「いいから読んでください。ファンの気持ち、いや、人間の気持ちを想像してください」

相馬が渋々、タブレットを手に取って腰を落とす。タブレットの画面をサクッとスクロールする。

「ロングインタビューじゃん、うげぇ」

そう言いながら、相馬はひたすら文字を目で追った。

そして相馬が記事を読み終わる頃には、白岩はすやすやと眠りについていた。


「おはよう」

野太い声に、白岩がライブハウスのロビーのベンチで目を覚ますと、地弐がいた。

「差し入れ」

コンビニ袋には、ペットボトルの水と、大量の生ハムメロンパンが入っていた。

「本番よろしく」

地弐が立ち去ると、白岩は水と生ハムメロンパンをひとつずつ手に取って、眠い目をこすりながら、裏口から外に出る。その扉のすぐそばに、しゃがんで電子タバコを吸う相馬がいた。

「タバコ、吸うんですね」

白岩が水をひと口飲んで、生ハムメロンパンの袋を開ける。

「こんなのタバコじゃないよ」

相馬が、もくもくと口から甘い匂いのする煙を大量に吐く。

白岩は徐々に頭が冴えてきて「人間の気持ちを想像してください」なんて嫌味な言い方をしてしまったこと、記事を読ませておいてうっかり寝てしまったこと、これらを反芻しながら反省していた。

生ハムメロンパンを頬張る。気まずい沈黙。気まずいと思っているのは私だけか。ただ会話がないだけか。相馬さんは怒ってるようにも見える。にしても、このパンは不味い。メロンと生ハムがそもそも好きじゃないのに。

とりあえず謝るべきか。なにこの差し入れのセンス。ライブ前日にどうこう言ったところで別に何も変わらないのに、余計なこと言わなきゃよかった。どうせ辞めるからいいか。にしてもこれ不味い。気まずい。

それらが頭の中でごった返していると、相馬が口を開いた。

「ねえ?」

「はい?」

「ずっと見てたんだけどさ、あの子、ずっとやってるね」

「え?」

白岩が相馬の視線の先に目をやると、駐車場の片隅で、ジャージ姿の少女が、有線のイヤホンを揺らして、壁に向かって踊り続けていた。安田デジニだった。

「噂通りの真面目な子ですね」

どうやら相馬は昨晩のことは気にしていないようだ。白岩はホッとして、自分も気にしていないような素振りで安田デジニを見つめる。

「なんせ会場でリハやってないからね。客が先に小屋入りしちゃってるからね。社長は一体どうやってごまかしたんだろうかね、ははははは」

徹夜で作業をしていたのか、相馬がロボットよりもロボットのように笑う。

「記事読んだよ。あの子が一番練習してんだろ？　ブスなのに」

白岩がペットボトルのキャップに手をかけたまま、眉間に皺を寄せる。

「はい？」

「いや記事読んだけど、あいつすげえよな？　ブスで絶対に人気ねえはずなのに、真面目に練習するなんて、マジで」

白岩が相馬にペットボトルの水を浴びせかける。

「おい、な、え、なにすんだよ？」

「相馬さん、人間じゃないです」

白岩はその場から走り去り、そのままの勢いでライブ会場に入った。客席では、プログラムされたロボットたちが、今か今かと、ザワザワを演出している。どいつもこいつもロボットばっかりだ。

　これが終わったら辞める、造られた喧騒の中で、白岩は決意した。

　これが終わったら辞める、安田デジニはすでに決意していた。

　汗をタオルでぬぐう。大好きな歌も踊りも、今日でお別れだ。

　私にはなかった。この世界で輝くための、努力ではどうすることもできないもの。

　楽屋でひとり、鏡の自分を見つめる。目、鼻、口、ほくろ、顎、ニキビ、全部嫌いだ。

　たくさん泣いてきたけど、もう泣くのも飽きた。精いっぱい、毎日夢中でやれたこと。

　それだけでもう私には充分だ。今日、夢が夢で終わる。あとは後悔のないようにやるだけ。

「そろそろ舞台袖にお願いします」

　スタッフの声に、安田デジニは、両手で顔を強く叩いて、楽屋を出る。そして、ライブは始まった。

　暗転からステージが派手に照らされたその瞬間から、会場のボルテージは最高潮だった。

　1曲目『君のハートランド』を歌い終えると、歓声の中で、美咲が嬉しそうに挨拶をした。

「わぁ、すごいすごい。こんなにたくさんありがとうございます。普段ライブでお見かけしない方がたくさんいらっしゃいますね？」

　藤崎ピアイも客席に手を振ると、興奮した様子で喋り出す。

「今日のウチらのライブ、プレミアチケットになってたみたいよ？　昔からのファンが全然チケット取れなかったって文句書いてた。やっぱあの記事がバズったからかな？　みんなきっと、あれがきっかけだよね？　てか、あの暴露、ほぼ無修正で載せるウチらの事務所、まじでイカれてない？」

相馬がボタンを押す。ロボットたちがどかっと笑う。

デジニも、今までにないお客さんの数と温度に、ドキドキしていた。

これが最後でよかった。いい思い出になりそうな予感がする。でも。あれ。なんだろう。

そこには言葉にできない違和感があった。何かがおかしい。何かがいつもと違う。

「私たちは今日で解散ですけど、最後まで楽しんでくださいね。それでは次の曲、聴いてください。『恋するキプチャク』」

ハイテンポでエネルギッシュな曲だ。激しいダンスとともに、観客から激しい声援とコールが飛んでくる。美咲とピアイが満面の笑みを見せる。

デジニの中で、さらに違和感が増してくる。あれ、なんだか、今日は。今日は、とっても。

そして3曲目の切ないイントロから始まるラブソング『さよならパンゲア』を歌い終えて、美咲が再び喋り出したその瞬間、デジニが突然、崩れ落ちて泣いた。

「え、デジ、どうしたの？」

「デジ、え、大丈夫？」

美咲とピアイが心配そうに見つめる。

いつも思ってた。私が踊る時、私が歌う時、そして私が喋る時、みんなが私を見ないこと。

美咲の可愛い顔、ピアイのセクシーな体、２人が持っている、見た目としての魅力。

それは決して、努力じゃどうにもならないこと。でも今日は、みんなが私「も」見てる。


「均等？」

白岩が、すぐそばで生あくびをしている相馬に尋ねる。

「曲によって、メンバーの立ち位置が変わるだろ？　それに合わせて客席からの視線と声量を調整して、どこにいても均等になるようにした。常に３人が、同じ視線と同じ声量を感じるように、プログラムを変更した」

「どうしてそんなことを？」

「お前が言ったんだろ？　人間の気持ちを想像してください、って。だから俺は学んだ。誰かを見つめることは、誰かに見ていないことを伝えることだ！　これだろ？　これが正解？」

相馬は、なぞなぞの答えがわかった小学生のように、はしゃぎながら白岩に話した。

「見られる場所で、まったく見られていないのって、絶対つらいもんな、わかるわかるよ」

白岩は、デパートの屋上で、赤だけ見ていた自分を思い出していた。

赤だけ。他の色が、いくつの色で何色だったか、まったく思い出せない。

舞台上で涙を見せるデジニに、相馬が小さく声をかける。
「おいブス、俺は見てるぞ」

彼女たちは、最後のライブを怒濤の勢いで駆け抜けた。
デジニは、殻を破ったように、歌い、踊り、弾けて、笑った。
美咲とピアイも触発されて、気が付けば、必死で彼女を追いかけていた。
最後は、３人が横一列になって手をつないで、深々と客席に頭を下げた。
デジニが美咲の手を強く握りしめる。その強さを、美咲はピアイの手に伝えた。
顔を上げた途端、初めてそこで解散を知ったかのように、美咲とピアイが泣いた。
３人は互いに抱き合ったまま、舞台の上で動けなくなっていた。
後日、このライブの配信チケットが飛ぶように売れた。
グループの解散は、いったん保留になった。
この先どうなろうとも。もう少しだけ。
デジニは、鏡の自分を見て笑った。

CHAPTER 2 ホントをみててよ

今夜のREVOテレビは…

19:00「プリティアニマル★デリシャスアニマル」
今夜も続々と「可愛い動物」と「食べたい動物」が登場▼ほっこり!列になって歩くペンギンの赤ちゃん▼絶品!行列のできる焼き鳥店▼ゲストは人気お笑いコンビいっすん

20:00「ハン太郎のお笑いベルトコンベア3時間SP」
いっすんが超過酷ロケで不満爆発!ベルコンレギュラー卒業か!?▼ハン太郎のセクハラ疑惑!?全女性スタッフがマジ告発!▼総合演出の制作費横領が発覚!?マジ警察も登場でさすがに番組も打ち切り!?▼特集は「未来を支える町工場」

23:00「いっすん待って!〜そのロケ、多分死にます!〜」

「REVOってなんか最近すっかり落ち着いちゃったな」
倉庫に設置された、超大型液晶テレビの番組欄を見ながら、相馬が愚痴をこぼす。

「きっとREVOはコンプラにビビってやがんだぜ。くだらねえよな。昔だったらこれ『そのロケ、絶対死にます！』にしてたと思うのよ？　それが『多分』だって。情けない。すっかり丸くなったよなREVOさんもよ。俺はもっとマッドなヤツが見たいんだよ、昔ながらのイカれた番組がよぉ？」

白岩が高級インスタントコーヒーを淹れながら首をひねる。

「相馬さん、コンプラ感バグってますよ？　REVOって、充分過ぎるほど酷いですよ。他の番組もちゃんと観てください。ていうか、相馬さんテレビも買ったんですか？」

相馬が海外ブランドの革張りソファーに寝転がって高笑いをする。

「前回の案件で儲けたからね。配信も爆売れして超特大ボーナスも出たし」

「変なお金の使い方しないでください。職場にこんな高いソファーとかテレビとか絶対にいらないでしょ？」

白岩が、高級インスタントコーヒーを高級紙コップに注いで、相馬に手渡す。

「白岩こそ、変な金の使い方すんなよ。高級紙コップなんて何の意味がある？」

「私もお金の使い道わからなくて」

「こんなもんじゃないぞ。ここからもっと稼ぐ。白岩は高級アルバイトになるのだ！」

それもなんか変な言葉だと思いつつ、白岩は、ロボットたちに目をやる。

ひとつひとつは個性のないありふれた顔だが、こうして集団でいると、頼もしく見える。

白岩はアイドルライブの一件から、もしかしたらこのロボットたちは社会的に需要があるのではないかと本気で考えるようになっていた。視線によって救われる人たちがいるのであれば、視線で魅力を最大限に発揮できるようになるのであれば、そしてそれを「配信」という形で観ることができるのであれば。相馬本人がそれにまったく気が付いていない気もするが、白岩は次の仕事の依頼がすっかり楽しみになっていた。相馬がチャンネルを切り替えるとＣＭが流れた。お笑いコンビ２人が生ハムとメロンの格好をしてひたすら商品名を連呼するだけのコマーシャル。

「いっすんって売れたよな」

　相馬がリモコンで鼻をかきながら見つめる。

「最近よく見ますよね。ドラマとかも出てますし」

「さすがは『トップ・オブ・ザ・スモールワールド』のチャンピオンだな」

　すっかり忘れていた。（Perfect Pumpkin）が初めてテレビでお披露目されたお笑い番組で優勝したのがこの、いっすんだった。いっすんが世間を代表して（Perfect Pumpkin）の悪口を言い放ったことで、いっすんは人気を高めていき、相馬は社会から追放された。

「全部こいつらのせいだ。金持ってるからモテるだろうしな。ムカつくなぁ。チビのくせに。小さいのに大金持ってるのってすげえムカつくよな？」

「そういうの時代錯誤だからやめた方がいいですよ」

白岩がしっかり咎める。

するとその時、相馬のスマホが鳴った。

「はい、もしもし」

けだるそうに電話に出た相馬だが、みるみるうちに表情が晴れた。電話を切るやいなや、白岩が尋ねる。

「もしかして、仕事ですか？」

相馬がニヤけまくりながら答える。

「ああ、ビッグなチビからだ」


――いっすん小槌の公式ブログ「五分魂」

タイトル「草履虫さん、おめでとうございます」

2054年12月9日　02：18 公開

こんばんは小槌です。ちょうど今帰宅して録画で「トップ・オブ・ザ・スモールワールド2054」を観ました。今年はお客さんが人間で安心しました（笑）。それはさておき、草履虫さん優勝おめでとうございます。芸歴が長いのにいっさい偉そうにせず、真面目にコツコツネタを作り続けてきた、草履虫さんのガッツポーズを見て、ひとりボロ泣きしてしまいました。なんか、そう、それで今、色々と思うことあって。今、自分には熱いものがあるのかって話なんすけど。こんなことを書くのはどうかと思いつつ、お酒も入ってるので勘弁してください。自分はネタが好きです。ネタが面白いと思われたくて今日までやってきて、別にテレビを批判するわけじゃないんですけど、気づいたら毎日ロケばっかりやってて。これが自分たちが目指してきたゴールなのかなってふと思っちゃって結局今年は単独ライブやれなかったってのもあってまぁやれよって話なんすけど。てかテレビ。演者もスタッフも視聴者も悪口言ってるテレビ。マジで本体どこなんすかね？　この前ほんわかライブ出させてもらったんです。そしたら、まだ食えてない戦友がいっぱいいて。マジで俺ももっと頑張らなきゃなって思ってすごい刺激的だったんですけどでもこれ言ったら終わりだろうけどそのライブにテレビ観て僕らのファンになった人がすごい来ちゃっててそれでなんかなんでもかんでも笑ってライブ台無しにされて笑い過ぎで悔しくてあのロボットと一緒じゃんと思ってお前ら人間だろって思ってなんでまたロボット笑わせなきゃいけなダメだ絶対これ明日の朝消すヤツです長文すいませんでもとにかく今ここで宣言させてください。単独ライブ、やります。こっちの僕らが本物です。よろしく。

2054年12月9日　09:47　削除

夜遅く、REVOテレビ本社のフロントで手続きを済ませると、いっすんのマネージャーに先導されて相馬と白岩が真っ白で煌びやかなロビーを通過する。見上げると大きなシャンデリアがあって、その真下には巨大な像が軽快なメロディとともに、腕を交互に動かしていた。さらに廊下を進むとREVOの看板女子アナウンサーがスタッフと立ち話をしていた。

「相馬さん、今の見ました？　すごくないですか？　生で見ちゃった」

「見た見た。すごいな、あの巨像。ああいうロボット作りたい」

白岩はむっとして早歩きになる。いくつかのスタジオの脇を抜け、階段を何度も上り下りして、テレビでよく見るような鏡張りの打ち合わせ室に入ると、いっすんの小槌と内出《うちで》がいた。

「うわ、本物だ」

思わず白岩が声を漏らす。

内出は笑顔で立ち上がり、

「よかったですねぇ、本物ですよ」

とおどけた。

白岩はテレビと変わらない内出を見て能面になる。

小槌は疲労困憊した様子で、テレビで見るような溌剌さは一切見受けられず、思い詰めた表情で椅子に座っていた。

聞くところによると、いっすんは朝から3本のロケがあり、さらにその後スタジオでの収録があり、さらにその後には深夜ラジオがあるため、この時間にしか打ち合わせができなかったらしい。打ち合わせ室のドアの窓からは、いっすんのマネージャーが電話を耳と肩で挟んで、手帳にペンを走らせているのが見えた。

「で、単独ライブを埋めてほしい、とか？」

席に着くなり、相馬が本題に切り込む。

相馬は、小槌に対する憎しみを、報酬の大きさで抑え込んでいるため、妙にシリアスだ。

「ええ、是非とも、相馬さんのロボットのお力をお貸し頂きたいのです」

「ロボットじゃないけどね。アンドロイドだけどもね」

普段はロボットって言ってるくせに。白岩が喧嘩にならないよう、会話に割って入る。

「でも、いっすんさんだったら、普通にチケット完売するんじゃないですか？」

内出は「まあそうでしょうね。なんせ本物のいっすん、ですからね」と胸を張る。

小槌は内出に一瞥もくれない。白岩が苦笑いに苦笑いを重ねる。

「僕の目的は集客じゃないんです。今回の単独ライブは半分しかチケットを売りません。だから半分だけ、アンドロイドで埋めてほしいんです」

相馬はほんの少しの間だけ考えて、全てを察したように口を開く。

「なるほど。お前の魂胆がわかったぞ。つまり、観客ロボットで人間の観客を『教育したい』ってわけか？」

内出は興味をなくしたのか、スマホをいじり出した。

「おっしゃる通りです。『教育』という言葉が適切かどうかわかりませんが。とにかくお客さんにはなんでもかんでも笑ってほしくないんです。ちゃんと僕らのネタを理解してもらってから笑ってほしいんです。だから半分のロボットに、半分のお客さんを導いてほしいんです。どこで笑うのか、どういう風に笑うのかを」

小槌が覚悟を決めた眼差しで相馬を見つめる。

相馬は黙って目を閉じた。少しの静寂と沈黙が流れた。

小槌が席から立ち上がって、テーブルに手を突き、土下座するように頭を垂れた。

「相馬さん、お願いします。僕のせいで相馬さんに大きな迷惑をかけてしまったことは申し訳ないと思ってます。それなのに、相馬さんにお願いするのは虫のいい話だと思いますし、でも僕が、僕のやりたいお笑いを続けていくには、この方法しか、」

「マッドじゃん！」

相馬は嬉々とした顔で小槌を見つめている。

「え？」

「その発想はなかったわぁ！　そういう尖った発想、俺は大好きよ！　このサイコ野郎め！　いいじゃんいいじゃん！　やってやろうじゃないの！」

　相馬がポケットからメリケンサックを取り出して、テーブルに放り投げる。

「え？　え？　え？　どういうことですか？」

「いや正直、お前のこと嫌いだからさ。すきあらば、ぶん殴ってやろうって思ってたけど、そういうことならやらせておくれよ。俺そういうの大好き！」

「や、やってもらえるんですか？」

「ああ、正直、お笑いはずっとリベンジしたかったのよ。だが心配しないでくれ。あれから改良に改良を重ねて、笑い方のパターンも相当増やしたから。台本と指示書を送ってもらえれば、理想の笑いを確実にお届けします」「ありがとうございます」「あと金な、大金な、当然」

「それは勿論」「じゃあよろしく」


　打ち合わせはものの１時間程度で終わった。帰りの廊下を、相馬が上機嫌に歩いていく。

　白岩は、人間の観客までも支配しようとしていることに居心地の悪さを覚えた。

　これは一線越えてはいないか？　白岩は後ろめたさを抱えながら、ロビーを前に進む。

　ふと相馬が立ち止まって頭上を見上げる。両腕を振る巨像が２人を見下ろしていた。

いっすん「食い逃げ」第4稿

内出　…　定食屋の店主。
小槌　…　食い逃げ犯。

明転。
定食屋。上手から内出と小槌が登場する。

内出　「はぁはぁはぁ、こっちに来い、そこに座れ」
小槌　「はぁはぁはぁ」
内出　「いい大人が食い逃げだなんて、恥ずかしいと思わないのか？」
小槌　「はぁはぁはぁ、（土下座）見逃してください」
内出　「往生際の悪いやつだな」
小槌　「はぁはぁ」
内出　「あきらめろ」

小槌「はぁはぁ」
内出「おい聞いてるのか？」
小槌「はぁはぁ、すいません、なんか、気持ち悪くて」（床に倒れ込む）
内出「当たり前だろ？　飯食ってすぐに走ったんだ。腹の調子も…（内出、何かに気付く）」

内出、下手にはける。

（袖から内出の声）

「おい、さっきのあいつに出した刺身定食、どの魚使った？　馬鹿野郎、どう見ても腐ってるだろ！**【13くすくす】**馬鹿野郎、こんなもん客に出すヤツがあるか！」


内出、戻ってくる。焦った表情。

【15ややはっきり、くすくす】

内出がゆっくり椅子に座って、少し考えてから、

内出　「帰れ」【2拍手笑い】

小槌　「えぇ？」

内出　「今回だけは見逃してやる。勘定はいらねえよ。さっさと行け」【37余韻で薄く】

小槌　「ありがとうございます、このご恩は、一生忘れません」

内出　「忘れろ！」【7拍手なし強笑い】

小槌　「え？」

内出　「全部忘れろ。お前はこの店に来ていない、そうだろ？」

小槌　「え？」

内出　「さっさと出て行け。立てるか？　せーの（立たせようとする）」

小槌　「いやちょっと待ってください」

内出　「待てないよ、とりあえずこの店から出ろ、立てるか？　せーの（立たせようとする）」

小槌　「待って、腹が痛くて」

内出　「そうか、せーの（立たせようとする）」

小槌　「立てませんよ！」【46段階を踏んで最後バッと笑う】

小槌　「立ってられないんですよ！」【37余韻で薄く　もしくは　56小刻みに笑う】

※リハで両方試させてください。

内出　「店の外で倒れろ！**【58跳ねるように笑う】**すべてを記憶から消せ、お前は記憶をなくして、ぶっ倒れた、そうだな？」

小槌　「違います。**【63追いかけ笑い】**あの、ずっと思ってたんですけど、もしかしてこれ腐ってたんじゃないですか？　ごまかそうとしてますよね？」

内出　「…」

小槌　「…」

内出　「…トントンだろ？」**【77長い笑い】**

小槌　「…」

内出　「お前は食い逃げ、こっちは食中毒、どっちも犯罪、どっちもトントンだろ？」**【43納得笑い　と　58跳ねるように笑う】**

※ちなみにこれ半々ずつにできますか？

小槌　「何言ってるんですか？　やっぱり腐ってたんですよね？　とにかく今すぐに

救急車呼んでください！　お願いします！」

内出「…（土下座）見逃してください！」**【89やや強い嘲笑】**

小槌「（困る）」

内出「3回目なんです」**【44尾を引く笑いに少し加速して笑う】**

小槌「はぁ？」

内出「これがバレたら、この店どうなると思います？　グルメサイトに殺されて（抹消されて）しまいます」

※そもそもボケ変更するかもです。

小槌「そういう次元の話じゃないでしょ？　いくらなんだって、うう…」

内出「大丈夫ですか？　しっかりしてください。しっかりと外で倒れてください」

小槌「いい加減にしてください！**【22小さく含みを持たせて笑う】**これでもし、万が一のことがあったら、それこそ終わりですよ？　お互い罪を認めて償いましょ？」

内出「（下手方向に）おい、救急車呼べ」

小槌「ありがとうございます」

内出「さぁ、行きましょ？」
小槌「どこ行くんですか？」
内出「向かいに小洒落たレストランがあります。そこでパスタでも食ってからそこのレストランで倒れてください」
小槌「こいつ根性も腐ってる」

【10気持ちの良い終わりの拍手と笑い】

暗転。

およそ3ヵ月半に及ぶ稽古と、度重なる台本と指示書の修正により、ついに完璧な単独ライブが完成した。当日は朝から、長丁場のリハを行い、小槌は満足そうに楽屋へ戻っていった。
会場の入り口には、ライブを楽しみに待つファンが列をなしている。客層は若い。スタッフバッジをつけた白岩が、キャピキャピした人混みを抜けて、会場に入る。ロビーから2階にあがる階段で、喫煙所へと向かおうとする内出とすれ違う。
「あの、」

白岩が声をかける。

「なんすか？」

内出が表情だけでおどける。

「内出さんは、どう思ってるんですか？　今回のライブ」

白岩が尋ねると、内出は笑った。

「そういうの、あいつにまかせてるんで」

と言うと、内出は一段飛ばしで、階段を降りていった。

2階に上がって調整室の扉を開けると、相馬が窓から客席を見下ろしていた。

最前列から6列までが、ロボットで埋まっていて、外と同じようにキャピキャピしている。

まもなく人間が入る。ファンが求める、理想のいっすん。小槌が求める、理想のファン。

この溝は果たしてロボットで埋まるのか？　白岩は黙って相馬を見つめた。

「白岩、なんかここ、コックピットみたいじゃね？　ボタンも前よりたくさんあるしさ。巨大ロボット動かす操縦席みたいじゃね？」

相馬はお構いなしのようだった。

「そういや白岩さ、あれ覚えてる？　巨像」

「巨像？」

「REVOのロビーにあった、動く巨大な像」

「あれがなんですか?」

「あの巨像はさ、深夜も動いてたりするのかな?」

「はい?」

「誰も見てなくても、動いてたりするのかな?」

「どういうことですか?」

「冷蔵庫は、誰も見てなくても、冷やすじゃん?　でも巨像はさ、見てる人を楽しませるために、動いてるわけじゃん?　誰も見てない時に動いてるとしたら、それって意味があるのかな?」

白岩は、相馬が今、すごく大事なことを、遠回しに言ってるように思えた。

と同時に、それっぽいことを言ってるだけで、何も言ってないようにも思えた。

「ああいうおっきなロボット作ろうかな。馬鹿でかい観客ロボ。観客１００人分の最強観客ロボを動かしてさ、人間の観客をぶっ飛ばしていくの。あ、そしたらまさに操縦席はこんな感じか?　きゃはは」

後者だ。

エモーショナルな音楽とともに、客席の照明が少しずつ、暗くなる。

観客たちが姿勢を正す。そして、ライブが始まった。

舞台が明るくなると、店主の格好をした内出が小槌の首根っこをつかんで登場する。若い人間のファンから黄色い歓声があがる。しかし、前列6列は微動だにしない。

食い逃げのコントが始まった。ロボットは小槌の理想の箇所で寸分の狂いもなく正確に笑っていく。人間がどこで笑おうとお構いなしに。それは時に不自然に思えた。

しかし若い人間のファンは、そのズレに気付くことなくコントが終わった。

オープニング映像が流れる。

若い人間のファンたちは、隣りに座る友達と「はじめて生で見た」「内出さんも意外とかっこいいよね」「小槌さん痩せた？」などと感想を述べ合っている。

一方、映像の反射で光る前列のロボットたちは瞬きもせずに静止している。

映像が終わると、手品の音楽が流れる。

2本目のコントが始まった。マジシャンのアシスタントとして女装した小槌が登場。

人間の若いファンは「かわいい」「やばい」などと色めき立つ一方、ロボットたちは無反応。

そして、小槌が、ドラムロールとともに、大量の剣の刺さった箱を開けると、血だらけになって死にかけたマジシャンの内出が現れる。

人間の若いファンは悲鳴に近い声をあげたが、ロボットたちは大爆笑。

そのまま内出は瀕死状態でマジックを続ける。

ひたすら失敗ばかりを繰り返す内出に、人間の若い女の子たちも徐々になんとか笑い始めるが、やはり血の演出と苦しむ演技のリアリティにどうしても笑い切ることができない。

一方、出血量に比例して笑うロボットたち。

そんな血だらけのマジシャンが、最後に鳩を取り出すマジックを披露するも、鳩もすでに死んでいて、ひっくり返したハットから無惨に鳩が床に落ちる。

暗転と同時に、客席の前方からのみ、大きな拍手と笑い声が聞こえる。

「なんか変な感じになってますね」

調整室にいる白岩がつぶやく。

「前後で極端に笑うところが違うからな。これは教育しがいがあるね」相馬が前のめりになる。

小槌と内出が楽屋に走ってきて、大急ぎで次のコントの衣装に着替える。

「いやぁ、やっぱそうだよな、やっぱそうなるよな、よしよし。でもいいぞ。ここからだ」

小槌はメイクを落としながら、自分に何かを言い聞かせるようにして、颯爽とスーツに着替えると、革靴の踵を踏んだまま、ステージへと戻っていく。

内出は黙って血糊を落とし、スーツを着ると、慎重に靴紐を結んでから後を追った。

３本目は漫才。

普段はコントしかやらない、いっすんの突然の漫才に、客席から「おお〜」という人間の声が聞こえる。ロボは沈黙。

「デートの待ち合わせ」というお題で漫才を始めるいっすん。

内出演じる女の子が、女の子らしい、お茶目なボケを連発し、人間の若いファンはようやく普通に笑えそうという安堵からたくさん笑った。しかしネタが進み、小槌が内出に「そんな女いねえだろ！」とツッコんだ瞬間、銃声が鳴った。小槌が足を撃たれる。実はこのネタは漫才ではなくて、女性蔑視の発言をすると客席にいるフェミニストに銃で撃たれる、という設定のコントだった。

激しく笑うロボットと、言葉を失う若い人間。また血が出ている。女性に対する偏見を口にする度に、小槌が銃で撃たれて、最後は死ぬ。さらに内出も「そもそも男が女を演じていることが差別的」という理由で撃たれて死ぬ。

暗転。ロボットたちが乱れ笑う。

「ごめん、やっぱ無理だわ」

楽屋に戻った内出が、いつになく真剣な表情で、小槌に訴える。

「俺もうこれの何が面白いか、全然わからん」

小槌はネクタイを締めながら、内出に一瞥をくれるだけだった。

「なぁ、小槌、お前も見ただろ？　俺らのファンの子たちの、あのやりきれない顔。あんなのさすがに見てらんねえよ」

小槌は表情ひとつ変えずにネクタイを締め終えた。

そして鏡越しに時計を確認すると、拳銃を内出に手渡す。

「見るなよ。客が俺たちを見てるんだ。俺らは客なんか見なくていい」

「ここ、幕間短いから急げよ。あと今さら、お前の意見なんて聞いてねえから」

小槌はさっさと部屋を出ていった。内出は鼻息荒くニット帽を被ると、拳銃を握りしめたまま、相方の待つ舞台へと走った。

4本目のコント「銀行強盗」が始まった。

銀行員を拳銃で脅すものの、バッグを持ってくるのを忘れてしまった犯人が人質を引き裂いてバッグにする、というネタだった。

もはや人間の若いファンたちはまったく笑わなくなっていた。そもそも拳銃が出てきた時点で「また血が出るんじゃないか？　また誰か死ぬんじゃないか？」とすっかり怯え切っていた。

「あ、バッグ忘れた」

内出がそそっかしそうにおどけても、人間たちは身構えるばかりだった。

会場全体に緊張が走る。

しかし、ここから事態は一変する。内出が突然「だったらここに金を入れろ！」と言って、自分のズボンのポケットを指差した。

それは完全なアドリブだった。

想定外の行動に怒りを顔に滲ませる小槌だったが、コントを成立させるため、「いや、そこじゃ全然金入らないだろ！」とツッコむ。

若い人間たちがくすくすと笑った。


「おいおい、待て待て、台本と違うじゃねえか？」

調整室で慌てる相馬がわけもわからず【2拍手笑い】ボタンを押した。ロボットたちが激しく笑う。その笑いの大きさに刺激されて、若い人間たちがさらに大きく笑った。

「だったらここにも入れろ！」

シャツの胸ポケットを指差す内出。

「いやもっと入らないだろ！」と再びツッコむ小槌。

若い人間がどっと笑う。相馬は咄嗟に【7拍手なし強笑い】のボタンを押す。人間とロボットが同じように笑った。

この時はじめて会場全体に一体感が生まれた。

そこからはアドリブのオンパレードだった。ニット帽、スニーカー、フード。バッグがない銀行強盗があらゆるところに現金を詰め込んでいこうとする様子に、人間たちはゲラゲラと笑った。相馬は無我夢中で、人間の笑い声を追いかけ、人間とできるだけ同じようにロボットを笑わせた。白岩が思わず指摘する。

「相馬さん、これもう逆になってません？　ロボットが人間に笑うところ、教えてもらってる感じになってませんか？」

「だって、わかんないんだもん！　どれくらい笑ったらいいのか、もう全然、わかんない！」

相馬が口元をひどく歪めながら、ボタンを連打する。内出はもう、客席を見ていなかった。

小槌もまったく客席を見ていなかった。ただ、２人が互いに見つめ合い、楽しそうにふざけている様子を見て、会場が笑いに包まれる。

相馬は自暴自棄になり、片っ端から手当たり次第、なりふり構わずボタンを押した。大爆笑に次ぐ大爆笑。

やがて一体のロボットの首がゴロッともげて火を吹いた。

場内の笑いは一瞬で絶叫に変わった。

若い人間たちは一斉にその場から逃げ出した。

残ったロボットたちだけが、悪魔のように笑った。

きらめきWeb作文コンクール〜小学生低学年の部〜　思わず笑っちゃったで賞

ふなだゆうと

ぼくのすきなもの

ぼくはピアノがすきです。
まいにち、たくさんピアノをひきます。
学校からかえるとすぐにピアノをひきます。
するとおかあさんが、すぐにごはんをつくります。
おばあちゃんが、ぼくをずっとみています。
おばあちゃんがはくしゅをしたら、はいおしまい。
おかあさんが「ごはんよ」といってみんなでごはんをたべます。
ぼくはカレーがすきで、そのつぎがピアノ、さいごがそぼです。

審査員コメント　「さいごがそば」かと思った（笑）。祖母でよかった。（小泉）
「はくしゅをしたら、はいおしまい」ってのがいいよなぁ。（川田）
なんだかんだで、おばあちゃんへの愛情を感じました。（島野）

「おばあちゃんの代わりですか？」

相馬と白岩が目を丸くすると、舟田裕美子《ふなだゆみこ》は紅茶を一口飲んでから打ち明けた。

「ええ、私の母である舟田和葉《かずは》が亡くなってから、息子の悠人《ゆうと》がすっかり元気をなくして、大好きだったピアノもすっかり弾かなくなってしまって」

裕美子がグランドピアノに目を向ける。豪華な家のリビングに鎮座する大きな黒いピアノは、窓から差し込む夕陽を浴びながら、静寂を奏でていた。

「作ってほしいのです、悠人のために、母を」

裕美子がまっすぐ相馬に目を向ける。

「ひとりの観客を、ですか」

相馬が紅茶を一気に飲み干すと、頭を抱え込んで黙った。

いっすんの単独ライブでのロボ爆発事件によって、世間に再び（Perfect Pumpkin）の存在が知られることになった。

幸い怪我人は出なかったが、ロボットの大半が損壊。メディアでも取り上げられて、観客ロボットがいかに不要であるか害悪であるか、連日報道されて酷評された。

とあるミュージシャンはＳＮＳに次のように投稿した。

「アーティストは、時に傲慢でもいい。時に自分勝手でも、歌いたい歌を歌うべきだし、言いたいことを言うべきだ。だから、僕は言う。あんなもの、消えてなくなれ」

この発言に触発された過激な観客ロボット否定派は、倉庫に侵入して、無抵抗のロボットたちをひとつ残らず破壊した。

「はい、今度こそマジでおわりです、はいマジで無理おわり」

相馬がまた絶望していた。今回ばかりは、白岩の励ましも効果なく、相馬は立ち直れずにいた。

そんな矢先、ひとりの女性から連絡があった。大手ファッションブランド「FUNADA」の社長の舟田裕美子である。テレビを観て（Perfect Pumpkin）の存在を知った彼女は、どんな大金を支払ってでも息子にピアノを弾かせたい様子であった。

これは間違いなく起死回生のチャンスだったのだが、相馬は眉間に皺を寄せたまま口を開いた。

「正直言うと、それは難しいかもしれません。（Perfect Pumpkin）はあくまでも集団の観客です。集団だからこそ成り立っているものであり、パフォーマーとの一定の距離感も必要です。さらに言えば、リアクションだけに特化しているので、何かを発信することもできません。つまり、『悠人君の隣でピアノの演奏を聴く』という1対1の状況、つまり、対話的なコミュニケーションにおける個人の観客としての（Perfect Pumpkin）は困難を極める、というのが本音です」

テーブルの上で手を組み、相馬が難しそうな顔をして説明する。

「そうですか、そうですよね」

裕美子は大きくひとつ、ため息をついた。

いくら大型案件でも、できない仕事は安請け合いしないのか。白岩は相馬に尊敬の念を抱いた。

「ただお金をくれるならやります」

白岩はすぐに尊敬を捨て能面になった。

「とにかくお金がないのです。テレビでご承知のように、我々は今、完全なる一文なしで何もかも失ってしまいました。何もかもゼロから始めなければなりません。ただお金さえあればなんでもできます。ピアノ演奏をする悠人君すら作れますし、まるで悠人君のように笑ったり泣いたり、さらには飛んだり跳ねたりするピアノ型悠人君なんてのも、」

「それは結構です。では、あくまで予算だけの問題だということですね？」

「はい、完全なる予算だけの問題です」

「それなら気になさらないでください。必要とあれば、お金に糸目はつけません」

相馬がテーブルの下でガッツポーズをした振動で、ティーカップが激しく揺れた。

「かしこまりました。必ずや、完璧なおばあさまを仕上げて存じます」

相馬が小躍りしながら、空中でピアノを弾いている。白岩は、能面でうつむいた。

「ちなみに悠人君は今、どちらに？」相馬が聞くと、裕美子は「外に」と答えた。

大きな窓の外には広い庭があり、こちらに背を向けてベンチに座る悠人の姿があった。

「ずっとあんな調子で。亡くなる前は、母がずっとピアノを弾く悠人を見ていたんです。亡くなった直後も、しばらくは弾いてましたけど、すぐにやめてしまいました。母が亡くなったのが、よほどショックだったんでしょうね」

白岩は悠人の背中を見つめる。夕焼けで出来た影が、ピアノの方に伸びていた。


その日の夜から、新しい個人型観客ロボットの開発が始まった。

おばあさんの写真や映像をかき集めて、表情のパターンを抽出する。

大事なのは、演奏中のリアクションである。ピアノを演奏している悠人の視界の中で、ロボットがどのような状態で聴いていることが理想的であるかを徹底的に研究した。悠人が祖母を喜ばせるために演奏をしていたとするのであれば、時折、祖母の方を向く可能性もある。その瞬間に、最適な態度と表情でいなければならない。

さらに、悠人が演奏をミスした場合、もしくは、演奏をミスしたと感じた場合の表情も重要だ。まったく気にしていないように振る舞うのも敏感な子供心は変だと感知する。あくまでミスはミスとして受け止めながらも、それでも悠人を安心させるような視線を送る。もちろん最後には、いつも祖母がしていたように、笑顔で拍手を送る。相馬は悠人の気持ちをひたすら想像しながらロボットの製作を続けた。

そして、ついに、（Perfect Pumpkin）2が完成した。

白岩と相馬が、舟田邸のリビングに、毛布を被せた一台の車椅子を運ぶ。

毛布の下からは、少しだけ、齢を重ねた人間そっくりの手が見えている。

裕美子が2階にいる悠人に声をかける。

「悠人、ちょっと来て、悠人」

しばらくすると悠人はとぼとぼと階段を降りてくる。

「悠人、これなんだと思う？」

裕美子が嬉しそうに、悠人に質問する。

悠人が首を傾げると、相馬が胸を張って答える。

「悠人君、今から君が目にするのは、私の最高傑作だ。私の知識と知恵のフルマックス。君は、時代の目撃者となる。さぁ、とくとご覧あれ！」

相馬が白岩に合図を送り、白岩が毛布を取る。

そこには、悠人の祖母そっくりなロボットの姿があった。

「どうだい？　びっくりしたかい？　おばあちゃんにしか見えないだろ？」

悠人が黙ってロボットを見つめる。

「驚くのはこれからだ。さぁ、ピアノを弾いてごらん？」

悠人は下唇を噛むと、ゆっくり拳を握った。

「さぁ、おばあちゃんがいるぞ？　おばあちゃんのためにピアノを弾いてごらん？」

悠人の瞬きの数が多くなる。肩が揺れる。口が少し開いて、上下の歯が擦れる。

「どうしたんだ、悠人君、さぁピアノを」

「気持ち悪い！」

悠人の口から出た言葉に、全員が耳を疑った。

「気持ち悪い！　こんなのおばあちゃんじゃない！」

相馬も白岩も裕美子も、想定外の反応にどうしたらいいかわからず、立ち尽くしていた。

悠人がしばらくすると話の口火を切った。

「どうして？」

悠人が小さな声で尋ねる。

「どうして、こんなの作ったの？」

白岩が前に出て説明した。

「悠人君、このロボットはね、悠人君がまたピアノを弾けるように、悠人君のお母さんに頼まれて作ったものなの」

白岩が悠人をなだめるように話す。

「お母さんが？」

悠人が裕美子をにらむ。裕美子はうろたえながら、悠人に声をかける。

「そうよ、おばあちゃんが亡くなってから、あなたがピアノを弾かなくなったから、だからこうして、おばあちゃんを、」

「なんにもわかってない！」

悠人が激しく叫ぶ。

「お母さんは、お母さんは、どうして、どうし、」

悠人の目にどんどんと涙がたまっていく。

手の甲で必死に涙を拭いながら、悠人は庭に飛び出した。

「悠人！」

裕美子もすぐに追いかけて、悠人の腕を摑まえる。

「ねえ、悠人、なんにもわかってないってどういうこと？　お母さん、何がわかってないの？ねえ、悠人、教えて？」

悠人が熱い涙をぽろぽろとこぼしながら、声をしぼりだす。

「ど、うして、聴いて、くれないの？」

「え？」

「お母さんは、どうして、僕のピアノ、聴いてくれないの？」悠人が大きな声で泣く。


悠人は学校から帰ると、鞄を放り出して、ピアノへと向かう。

椅子に座って本を読んでいる母の姿を確認すると、笑みを浮かべてピアノを弾き始める。しかし、母はすぐに本を閉じてキッチンへと消えていく。その背中を目で追う。

いつもだ。いつも。いつも今日も。

しばらくすると、隣の部屋にいた祖母が現れて、ピアノのそばに座る。

台所からは水の音が聞こえる。母の好きな曲を演奏してみる。悠人は、水の音が止まって、手を拭きながら戻ってくる母を想像する。水の音がいつにも増して長い。

結局、母が顔を見せることはなかった。

演奏が終わり、祖母が拍手する。

「ゆうちゃんのピアノが毎日聴けて、おばあちゃんは幸せだよ」

悠人は安心する。僕のピアノをちゃんと聴いてくれて、笑顔も見せてくれて、それで幸せだって言ってくれるから。

でも。

でもお母さんはどうして。

夕食の時間になり、悠人はもどかしさを埋めるように、母の作ったカレーを次々と口に運ぶ。

裕美子が、泣きじゃくる悠人の両肩を摑んだまま、首を激しく横に振る。

「違う、それは違う、それは絶対に違う」

裕美子も涙があふれそうな目で、悠人を見つめる。

玄関からドタバタと騒々しい音が聞こえる。

悠人だ。一目散にピアノに向かって演奏を始めると、裕美子は読書をやめ、夕食の支度を始める。

今夜は、悠人の大好きなカレーだ。じゃがいもは大きく切ろう。水で野菜を洗っていると、

私の好きな曲が聞こえてきた。

また、上手になってる。つい水を止めるのも忘れて、すっかり聞き入ってしまった。

祖母の拍手の音が聞こえる。母さんも幸せそうだ。

私はなんて幸せなんだろう。

台所で、ひとり微笑む。


「聴いてたよ、お母さん、ずっと聴いてたんだから」

裕美子が悠人を抱きしめる。悠人の涙が裕美子の肩に落ちる。

相馬と白岩は、部屋の窓から、庭で抱き合う２人を見つめる。

「悠人君は、お母さんにも、見ていてほしかったんですね。見てなくても、お母さんはずっと聴いてたのに」

「え、ちょっと、相馬さん?」

瞳を潤ませた白岩がそう話すと、となりで相馬が号泣していた。

驚いたのも束の間、

「おい悠人！」

相馬が庭に飛び出して大声を上げる。

「弾いてやれ！　今日はお母さん、見てるから！　今日はお母さん、たくさん見てるぞ弾いてやれ！」

悠人は力強くうなずいて、ピアノに駆け寄り、鍵盤の前に座った。
大きく息を吸い込むと、一音、一音、母に届けるように、丁寧に弾き始めた。
泣きながら弾いているせいか、それはあまりにも、つたない演奏だった。
何度も止まり、何度も同じフレーズを繰り返しながら、メロディを奏でる。
裕美子は、悠人のすぐそばで、悠人を優しく見守った。
そんな２人を、相馬と白岩は見つめる。
そして演奏が終わった。
ロボットが、拍手をしながら微笑んだ。

新発売！

コナファ　ギャンワアイランド

布川ひろき

ワーーッ！
ギャーー！
ガーー！

ブーーーッ！
びゅーー！

ゴボッッ！
バンッッ！
ドスンッ！

ザーザー！

ヒューヒュー！
ピューピューー！

ガーーン！
ドーーン！
ズドーーン！
ベキッ！

ピ！
チリンチリン！

キラッキラッ！
ズバズバッ！

カタカタ！
ガタガタ！
ブリブリブリ！

ピタ！

ドスンッ！
バタンッ！

うえーーん！
イヤーーン！

ワッハッハッー！

ズルズルズル！
パクパクパク！

チュッッッ！

東京の街には常に色んな音が鳴っている。

種類は色々あるけども、そのほとんどの音を人々は何も気にせずに歩いている。

それはなぜか？？？

それは恐らく、街にある音が一度聞いたことのある音だから。それを何度も聞くと特に何も気にならなくなり、いつも聞いてる音になる。

東京にいる人のほとんどがそうであり、そうだから東京の人は無感情とか冷たいというように言われるのだろう。

初めて東京・渋谷に行った時の音の感覚はもう味わえないのかもなぁ。

僕はゲームクリエイターの音《おと》中《ちゅう》日《にち》。ゲームソフト制作でお馴染みのゲーム会社「コナファ」に入社して4年目の22歳。好きな食べ物はラーメン。チャーハン。カレー。好きなお酒はビール。好きなアーティストはミスチルでいつも着ている服はユニクロのシャツ。

ごく普通の男だ。

誰にも考えられない全く新しいゲームを作るぞ！　と、夢に満ち溢れていた1年目の4月だったのも、ごく普通。実際は最初の3年間は先輩の言うことは絶対！的なパワハラよろしく上司が、

「ゲーム作りより、俺の誘いは断るな。というかこれもゲームに生きてくる。わかるだろ？」

とおっしゃっていて困らされていた。

ある時は出社まであと5分まで飲まされ（その上司は休みの日）、ある時は引っ越しの手伝いを仕事終わりにさせられて、12時間かけてやっと終わり、

「今日はおごってやる！　好きなもん食え！」

と言われてラーメンの食券機に１００円入れてトッピング分をご馳走していただいたり（上司は全部載せ）、ある時は、上司が仕事で遠くに行く際、交通費が会社から出ているのに、車を出させられなおかつ運転をさせられ、ガソリン代だけ出してもらえないか聞いたら大説教されたり（１００円のうどんをおごったから）、上司とエロい関係にある人と朝までモンハンのレベル上げをさせられたり（上司は横で寝てました）していたのですが、先月その上司が入社からずっとやっていたという蛙の脳ミソの早弁が社長にバレて（ネットで蛙の脳ミソ定食の販売をやっていたのであだ名は蛙定）いなくなったので、ついに自由になり、メインでゲーム制作を担当させてもらえることになった。

「やった！　ここからが僕の1年目だ！　すごいものを作るぞ！」

期待に胸を躍らせ部長のデスクに向かった。

すると部長はこう言った。

「お前には『ギャンワアイランド』の新作を担当してもらう」

「ホ、ホゲ？」

ホゲだ。まさにホゲだ。

「ギャンワアイランド」とは、うちの会社コナファが数十年前に出したヒット作で、シリーズ累計５０００万本売れているゲームなのだが、２０００年以降は徐々に下降線をたどり、気が付けば13年新作がリリースされない状況になっていた。

つまりは引退寸前の野球選手が最後に一軍に上げてもらい、１打席だけ出てお役御免。功労者ありがとう！的な作品をまかされそうになっているのだ。

「部長。ふざけないで下さい。僕は終わりかけの選手の最後の花道を飾るためにこの会社に入ったわけではありません。僕は誰にも考えられない全く新しいゲームを作るためにこの会社に入ったんです！　どうしてもこれを担当してほしいんでしたら、僕の爪の垢をおでこの真ん中につけて〝沢田さんのほくろ〟と毎日言いに来て下さい！　そしたらやってあげますよ！」

と、言ってやりたい気持ちではありましたが、この3年間で僕の尖りは削りに削られて、とっても丸いキ○タマくらい尖ってないのです。２年目の頃にゴリゴリの格闘ゲーム好きなのに「踊る！　踊るぞ！　矢じるし踏んで！」というダンスゲームのサブ担当をさせられて、途中で担当を降りたいと上司の蛙定に言ったら、

「こいつはブレックファーストに蛙の脳ミソを食べている」

という嫌な噂を流されて、数週間他の社員から白い目で見られていた時期があった（後にＭＲＩ、ＣＴスキャン、胃カメラをＬＩＶＥで見せて濡れ衣は解消される）。あの時のつらい思

い出があるし、やりたいことを全部やれている人なんてどこの会社にもいないと思うし、こういう状況も社会的に普通のことだと思うので、

「はい。かしこまりました」

と、二つ返事で答えて、ギャンワアイランドの新作を担当することになった。


そんなこんなのなんだかんだ鼻かんだで担当することになったが、正直このゲームの世代ではないのでイマイチゲーム内容をちゃんと知らない。

わからないことをネットで調べる時のシェア率圧倒的ナンバーワンの「ＮＡＶＥＲまとめ」で調べようとしたのですが２０２０年でサービスが終了したようなので、仕方なくよくわからないサイト「ウィキペディア」で調べてみた。


『ギャンワアイランドはコナファのゲームで「ギャン」や「ギャンワ」という擬音を物体化して敵に当てて倒す横スクロールアクションゲームである』


「……ふーん」

特に強く感情は動かなかった。

イマイチモチベーションは上がらないが、３年目の頃に大学の特別授業〝就職とは〟という

ものの講師をコナファの社員としてしたことがあるのだが、その時の生徒達はほぼ誰も話を聞いてなかった。

「……まぁ、いいや」

その時も流してすませたので、今回もそうやって凌《しの》げばいいやと思っている。

前作のギャンワアイランドを会社から借りて一度プレイしてみたら、「ギ」、「ギャ」、「ギャン」、「ギャンワ」という順番で擬音の強さがあり、のど仏を拾う度に擬音の攻撃力が上がるというものだった。

前作を参考に一度作ってみた。

パワーアップした要素として、「ギャンワ」よりさらに強い擬音「ギャンワワワワワ！」を足してみた。

「何かパンチ足りないなぁ……。まぁ、いいや」

と、思いつつも、人気のない公園のベンチで一人で昼ご飯を食べたあと、目を瞑って仮眠をとろうとしていると、目を瞑っていてもわかる変な違和感があった。

「何か……気配がするぞ」

恐れおののくとまではいかないが、少しの不安を抱えつつゆっくり目を開けた。

「……ホ、ホゲ？」

目を開けたその1メートル先には、身長70センチほどの1歳半くらいの男か女かわからない子供が座っていた。

「……ホ、ホゲ？」

10秒たってもよくわからない。

お母さんが近くにいるならわかるが、近くには見当たらない。ただ思い出せないが誰かに似ている。

誰だっけ？

と思っていると、急に口を開いた。

「ナヘーー」

……ん？　何だ？

そう思っているとまた、

「ナヘーー」

「……ん？　何？　どういうこと？」

と聞くが、

「ナヘーー、ナヘーー、ナヘーー」

何度も僕のことを指差して言ってきます。

昔、北海道のピロリン村という宿泊施設に泊まった時に、そこの村長（館長）が何を聞いて

も、

「おー！　ちんぽだー！」

としか言わなかったことを思い出しました。今は関係ないことなので、気になった人は明日にでも調べて下さい。

話を戻そう。

「ナヘーー」

と僕を指差してずっと言ってきている。

「ナヘーー、ナヘーー」

と連呼しながら僕を指差してきている。

これはもしかして僕のことを言ってるのか？　ずっと指を差しているし。

僕は自分を指差し、

「ナヘーー？」

と、聞いてみると、

「ナヘーーー！　ナヘーーー！」

何度も頷いて言ってきた。

一体どういうことだ？

ナへーーって、何だ？

調べても出てこないぞ？

ナへーーって、一体なんなんだ？

……と、思ったが急に考えるのがめんどくさくなった。こんなこと考える意味ないか。

ナへーーが何かわかんないけど、まぁいいか。

と、思った瞬間に、

「ナへーー！　ナへーー！　ナへーー！」

と指を差して、さっきよりも大きな声で言ってきた。

なんだ？

僕がナへーーを考えるのをやめたら、さっきよりも強く言ってきたぞ。

でもまぁいいか。

……ん？　そういえば最初のナへーーの時は、ゲームにパンチが足りないけど、まぁいいか。

今もナへーーを考えるの、まぁいいか。

と、思った時にナへーーと言われた。その時、パッと頭の中が整理されて閃《ひらめ》いた。

僕がまぁいいかと投げやりになって、何も力が入ってない状態は「ナへーー」という状態なんだ。そんな言葉はないけど、何も力が入ってない時って確かに「ナへーー」っていう音が漫画なら擬音で入ってて違和感がない気がする。

「あ！　このナヘーー、は擬音なんだ！　まだ見つけられてない擬音なんだ！」

　さらに閃く。

「ギャンワアイランドに何かパンチが足りないと思っていたんだけど、元々ある擬音ではなく全く新しい擬音を使っていけば、新しいギャンワアイランドができるんじゃないか⁉」

　僕、音中日に血がかよいだした。

「これは何か〝おもろつまんなそう〟なゲームができそうだぞ！　男か女かわからない君！ありがとう！」

　と言って、走って公園の出口に向かった。

　その子は、公園に一人残ったまま去っていく僕を指差して言っている。

「ボボブボボブボポブポボブーー！」

　聞いたことはないが恐らく熱のある擬音だ。

　久し振りに初めて渋谷に行った時の音の感覚だったのかもなぁ。

　謎の子供と別れて会社に向かって歩いてる時に考えた。

「まずは音探しだ」

　色んな音が聞こえてくる。

「ウィーーン！」

工事現場の音。

「ワンワンワン！」

犬の鳴き声。

「ガチャーン！」

ガラスが割れた音。

全部どこかで聞いたことがある音だ。

会社まで歩いていたら一つは見つかると思っていたが、真新しい音は一つも見つからなかった。

「これは意外と難しいことなのかもしれない」

そう思いながら少し足取り重く会社に戻ると、隣のデスクの前に人が立っている。

「はい！　音1分遅刻ぅ～！　休憩取りすぎ～！」

先輩の山本《やまもと》さんだ。

山本さんは僕が蛙定にパワハラをされてる時も相談に乗ってくれていたナイスガイ先輩だ。

しかし、しっかり仕事をしない人には厳しい。

昔、企画会議の10分前に考えた企画を出したら、

「10分前に考えたもん出すな。閃き待ちしているやつに閃きは生まれない。しっかり努力した

やつにだけ閃きが急に生まれるんだよ。ハッ倒すぞ。ひき肉にすっぞ。コラ」

実家がいまだにシンナー吸いヒューマンが蔓延《はびこ》る団地出身なので、とってもとっても口が悪い。しかし、言ってることはすっごいすごい正論。ナイスガイな先輩だ。

そうだ。山本さんに相談したら、何か良いアイデアをくれるかも。

山本さんは味噌工場の赤字をゼロにするソフト「エネミーソ工場ゼロ」というアクション味噌アドベンチャーゲームを開発した実績もある方だ。

「山本さん。ちょっと相談があるんですけど……」

と、話しだすと、山本さんは口を開いて、

「まず遅刻したこと謝れや。ハッ倒すぞ。ひき肉にすっぞ。コラ」

山本さんはちょっとふざけてるようなテンションから、一気に真逆まで振り切ってパチギレるナイスガイな先輩です。

「１分遅れて申し訳ないです」

「次から気をつけてよぉ〜」

山本さんはパチギレからパチ戻りするのも得意です。

大丈夫そうなので改めて聞いてみよう。

「山本さん。相談があるんですけど」

今ギャンワアイランドを任されて、こういうゲームにしようと思ってるという旨を伝えました。

そして、公園から会社まで歩いてきて何も擬音ができてないことも伝えました。

すると山本さんは、

「公園から歩いて10分で閃くわけねぇーだろ。閃く努力を怠ってんじゃねぇーよ。ハッ倒すぞ。ひき肉にすっぞ。コラ」

パチギレ。とても感情の起伏が激しい。

「山本さん。怠って申し訳ないです」

「次から気をつけてよぉ～」

「でもどうやって考えたらいいですかね」

「でも、じゃねぇーだろ。それ考えろって言ってんだろ。ハッ倒すぞ。ひき肉にすっぞ。コラ」

「でもとか言って申し訳ないです」

「次から気をつけてよぉ～」

「何個くらい擬音探したらいいですかね？」

「何でも聞くな。自分の案をまず出してから聞け。挨拶だってまず自分が名乗ってから相手だろ。人の頭脳だけ盗もうとすんな。ハッ倒すぞ。ひき肉にすっぞ。コラ」

パチギレと戻りの連チャンに入りました。しかも最後のはけっこうパチギレてたなぁ。

言ってることは正論なので、自分のしょーもない人間性にシュンとしてしまいます。

すると、山本さんが続けてしゃべり出しました。

「数なんか決めずに探せるだけ探せや。できたやつ全部使えばいいだろうが。今までのシリーズは擬音4つだったから4つにしようとしてんじゃねぇーよ。桜《さくら》庭《ば》和《かず》志《し》がホイス・グレイシーとヴァンダレイ・シウバに同じ戦い方しねぇーだろ。敵の数だけ倒し方がある、擬音の数があるってことだろうが。固定観念捨てろ。ハッ倒すぞ。ひき肉にすっぞ。コラ」

なるほど。今までのギャンワアイランドは敵に全部同じ擬音を使っていたけど、今回は敵によって擬音を変えて攻撃することにしたら良いのか。

さすが山本さん。

「聞いてばかりで申し訳ないです。相談に乗って下さって、ありがとうございました」

「次から気をつけてよぉ～」

と言って山本さんは去っていった。

「は、はうあぁー!!」

山本さんと話してたら、山本さんのような人の擬音が閃いた。

「パギィジョ」

山本さんはパチギレる。でも親身になって相談に乗ってくれるアディーレ法律事務所のような人。

つまりパチギィーレ法律事務所。略してパギィジョ。聞いたことのない擬音だ。

敵で山本さんのような感じの人を出そう。そして「パギィジョ」という擬音で倒す。

これが僕流のギャンワアイランドだ。

1つだけ心配なことがある。

もしかしたら、山本さんが勝手にキャラとして使われてることに怒って「ひき肉にすっぞ。コラ」と言うかもしれない。

そしたらこう言おう。

「ひき肉？　やめて下さいよ。これは僕からの愛贔屓《あいびき》なんですから」と。

う、うまみぃ～～！


山本さんのおかげで擬音が一つ見つかった。たまたま見つかったのだが、こんな感じで見つかるかもしれないので他の人にも話しかけてみよう。

僕の横の席は、同期の女性社員の、「千子」と書いてちこちゃん。

この子は普通の髪型で普通のOLのスーツ、普通のヒールの高さにちょうど普通くらいのルックスなのですが、マイクを握ると人が変わります。

カラオケでマキシマム　ザ　ホルモンの「ぶっ生き返す!!」を入れて完璧にデスボイスをやるのもビックリしたのだが、いきものがかりを唄う時も、石川《いしかわ》さゆりを唄う時も、ギター侍のうた（有名人斬りバージョン）を唄う時も、全てデスボイス。

ＪＵＪＵのカバーアルバムを全部デスボイスで唄うカバーアルバムを出してほしいものだ。

マイクを持った時のクチグセは、

「ボーーー！　っとしてんじゃねぇ（ボーはデスボイス）」

なんとなくだけど、デスボイスって擬音っぽい音だなぁと思うので聞いてみよう。

「ちこちゃん。今度あるゲームの担当することになったんだよね……」

ギャンワアイランドのことを説明すると、

「そうなんだね。頑張ってね！」

マイクを持たない時は、普通の女女《めめ》です。

「色んな擬音を探してるんだけど、どうしたらいいと思う？」

「擬音を見つければいいと思うよ」

「……どうやったら見つけられるかなぁ？」

「見つけようとすればいいと思うよ」

もしかしたら、普通より少し劣ってるかもしれない。これは話が進まなそうなので別の人の所に行こうとした時、ちこちゃんが僕の携帯を見て、

「何これ！　かわいいね！」

と、言ってきた。

僕の携帯電話は普通なのですが、ゲームの仕事をしていることもあり、ファミコンの2コンの柄のケースを使っています。

僕はレトロなものが好きだったりするのでこれにしていたのですが、若い女女に食いつかれたのは初めてです。

「ちょっとこれ触らせてよ！」

と携帯をコントローラーのように持った瞬間、ちこちゃんが、

「ボーーーーー!!　ボーーーーーー!!」

？？？

はてさて？

なんじゃらほ？

一体全体どうしたというのだ？

ちこちゃんは続けて、

「オーードーーくーーんーーー!!　こーーれーーーいいーーーねーー!!」

すっごいすごいデスボイスだ。

なぜ？

どうして？

ＷＨＹ？

マイクを持ったら人が変わるのは知ってるけど、なうはなぜ？

「音君、これいいね」とデスボイスで言っている。なぜデスボイスになってるかわからないので、もう一度しっかりちこちゃんを見てみよう。

「オーーードーーーくーーーんーーー！　ヅーーーコンーーーーかわーーーいいーー！」

音君2コンかわいいと言っている。それを2コンのマイクの部分目がけて言っている。

マイク……。

「は、はうあーーーーー!!」

はうあーです。完全にはうあーです。

デスボイスになっていたのは、ファミコンの2コンにはマイクがあるのでそれに反応していたからです。携帯ケースのファミコンの2コンのマイクを持ったら人が変わるのは、史上初だと思います。なんなら、ちこちゃんのこの姿を見て2コンにマイクがあってしゃべれるのを思い出しました。

マイクでしゃべる……。

「は、はうあはうあーーーー!!」

ダブルはうあーが出ました。

このギャンワアイランドは敵に擬音をあてて攻撃するゲーム。その擬音をその場でマイクに向けてしゃべって攻撃したら楽しそう。そしたら擬音の数は無限になるし、敵を倒せるデスボイスを見つけた時の爽快感この上なし。

よし。このゲームはファミコンで出そう。

数年前に出たミニファミコンの新作として世に送り出す。これは話題にもなっていいぞー。

ちこちゃんのファミコン携帯ケースマイク変態デスボイスのおかげで次に進めた。

ちこちゃんと絡んでいたら、ちこちゃんのような人の擬音が閃きました。

「はうあーーー！」

「ゲチチ」

○○したら人が変わるの、と自分で言ってる人しょーもない。だけど、普通の人かと思いきやデスボイスをやるような裏の顔を持つ夜逃げ屋本舗みたいな人、ちこちゃん。つまり夜逃げ屋ちんこちゃん。略してゲチチ。

聞いたことのない擬音だ。ちこちゃんのような敵は「ゲチチ」で倒すのだ。

ちこちゃんにゲームのキャラで使っていいか、恐る恐る聞いてみた。

「ちこちゃん……キャラで……使っていいかな……？」

「ボーーーー！　っとしてんじゃねぇ。早くやりなよ」

初めてちこちゃんがマイクを持たず、デスボイスをやってました。

なんかすごく背中を押された気持ちになりました。

まだ他の人にも声をかけてみよう。

「どうしたの音？　私達に何か用？」

奥のデスクにいる西田《にしだ》先輩とまり先輩。

二人は社内恋愛をしている。デスクも隣りでとても仲睦まじいというのは表の話。裏ではまり先輩がＡ５ランクの束縛女子で、聞くところによると西田先輩のパンツを全て白ブリーフにさせて、なおかつ全てに「西田の」と黒マジックで書かせているらしい。デスクも無理矢理隣りにさせられたそうだ。

すごい束縛で大変かと思いきや、西田先輩はベリーハードＭらしくそれがたまらないそうで、キングオブコントのリアルかが屋みたいな人達だ。

僕も学生時代に付き合ってた子は女の子の携帯番号を全て消させる人で、その子の女友達とも喋るのをやめてと言ってくる子だった。当時は嫌な時もあったが大人になってから思うとウォームなハートビートをくれてたのだから、それはそれで良かったのだと思う。

なので、僕は人間として浅かったと思わせてくれる二人なので、好きな先輩なのだ。

「先輩。今ゲームを作ってて相談なんですけど……」

「擬音のゲームだよな？　うーんと」

と西田先輩が喋りだすと、

「あんたが喋んじゃないわよ。ダボが」

こうなる。

西田先輩は狙ってやったのでは、とすら思える。

まり先輩が喋る。

「ギャンワアイランドは私達ギリやったことあるわよ。音が考えてるやり方面白いと思うけど、何でギャンワってタイトルかがわからないよ。前シリーズはギャンワの擬音で戦うから良いけど、これでは成立しないよ」

さすがまり先輩。10年先輩なハード束縛女子なだけあって、穴を簡単に見つけます。

「タイトルは命だからね。ないがしろにしちゃ絶対ダメだよ」

「そうだぞ、音。命なんだから……ガギャ！」

「あんたが喋んなって。ダボが」

西田先輩がまたしごかれてる。でも、今はそれよりタイトルとの整合性を考えねば。

「いいか音。俺も色々やって……ガギャ！」

ん？

「俺も色々やってきたんだ……ゴギャン」

ん？

ん？

さっきから何か西田先輩が発している。

西田先輩をよく見てみると、何か苦しそうにしている。

目を見開き、さらによく見てみると、肉眼でギリ確認できるくらいの細い縄が西田先輩の首につながっており、その縄をたどるとまり先輩の指につながっている。

どうやら西田先輩は喋るたびにまり先輩に首をしめられていたのだ。

イカレてる……これでお互いオッケーなのだから、イカレポンチかが屋である。

「はうあーー！！！」

二人といたら擬音が閃いた。

「ギュカガ」と「ギュカヤ」。

束縛の度を越えて、必殺仕事人の糸で殺す人のようなことをしている、キングオブコント２０２２のかが屋をギュッとまとめたような二人。

つまり、ギュングオブコントファイナリストかが屋。略して「ギュカガ」「ギュカヤ」。

聞いたことのない擬音だ。

西田先輩とまり先輩のような敵は「ギュカガ」と「ギュカヤ」で倒す。

おかげでまた擬音ができたのでお礼を言って立ち去ろうとすると、

「音。まだタイトルのこと解決してないんじゃないの」

あ。忘れていた。二人の変態&キュートに頭持っていかれてました。

どうしようと思っていると、

「あんた察しが悪いわね。じゃあもう一回だけやるわよ」

ん？

一体どういうことだ？

すると、

「そうだよ！　お前は察しが悪……ギャンワ！」

ん？？？

ギャンワ？？

「……あ！　そうか！　ギャンワ！　は、悲鳴っぽいから、悲鳴の要素をゲームに入れればいいのか！　ならば元々は拡声器を取ったら声が大きくなって無敵モードになるので、今回は縄を取ったら緊縛師に首をしめあげられてギャンワ！　と叫んで無敵状態になるようにする！　そういうことですよね？　先輩！」

「世話がやけるわね。こんな簡単なこともわからないなんて」

本当に小学生でもわかるとても簡単すぎることだから、本当に恥ずかしい。緊縛師が首をしめあげて無敵状態になるの一択だもんな。ずっとそれに気づかせるために、わざと縄で首を縛られてくれてたんだなぁ。縛られたいからもあると思うけど。

今度こそ本当にお礼をして、立ち去る時にまり先輩を見て思った。

二人は良いしばれる関係で羨ましい。

僕は彼女がいないのでしばれる。

北海道弁でしばれる、は寒いという意味。

あぁ、心がしばれるなぁ。

他の皆にも会って擬音を考えてみた。

友次《ゆうじ》さん。何度掃除をしてもデスクが汚くなってしまう有吉《ありよし》ゼミ掃除不義理男の友次さんはつまり不義理有吉ゼミ男。略してギアリーゼ。

歯毛山《はけやま》君。歯ブラシで歯を磨いたことがなく指でいつも磨いているインドガンジス川沐浴歯磨き流儀の歯毛山君はつまりノー歯ブラシイエスライフ。略してハーブラ。

漫画を破って目の水晶体にしてみるチャレンジをしたことがある重清《しげきよ》君。つまりは目目目メメター。伸ばして目目目メメター目。

一気にたくさん見つかった。

探そうと思うと見つからないが、探そうとせずにいるとじつは近くにたくさんあるものだ。

これが灯台もと暗しってやつなんだな。

では焦って探さず、いつもの道で帰宅することにしよう。

いつものように会社がある府中《ふちゅう》駅から、住みたい街ランキング第37位の荻窪《おぎくぼ》に帰るため電車に乗っていると、最近寝ずにこのことを考えていたのが祟《たた》ったのか具合が悪くなり、耐えられなくなり、電車の床に膝をついてへたってしまいました。

ただたまたま優先席の前に立っていたので、不幸中の幸いで席を替わってもらおうと思い、前にいる高校生の男子と女子の顔を見ました。

すると、二人とも目が合ったのに寝たふりを始めました。

信じられない。ヒルマン監督よろしくのシンジラレナ～イだ。

さらに寝てるのを強調するために、イビキまでかき出した。

優先席の意味を知っているのだろうか？

優先席は、寝るのを優先、という意味だと思っているのだろうか？

「はうあー」

こんな時でも閃きました。

「シパプー」

電車の優先席で寝たふりをしてイビキをかいているシーパップいらず高校生。つまりシーパップハイスクール電車与太郎編。略してシパプー。

聞いたことのない擬音だ。

パンツのゴムがはちきれんばかりにムカツいたが、学生の頃は何もわからなくてルール違反をしてしまうものだ。だから、海のように大きい心で受け止めてあげよう。つまり「シー・パシフィック・ピィース（ネイティブなピースの発音）」。

「はい！　シパプー！」

　いやぁ、チントンシャンテントンだなぁ。

　何とかシパプーの心で気持ちを保ち、住みたい街ランキング第37位の荻窪に着いたので電車を降りました。家までは徒歩15分あるよトホホなので、途中コンビニで凄十《すごじゅう》を買って体調を整えることにしました。

　僕の前に二人お客さんがいて前の人がお会計をしています。

「お会計３３４円になります」

「えいぃぃぁぁ」

　お客さんがお会計の小銭をトレーに投げて渡しています。ヒルマン監督よろしくシンジラレナ～イ2連覇だ。

　昔、僕はコンビニでバイトをした経験があるので、お金を投げてくるお客さんは、ジーパンの小っちゃいポケットが破れるほどムカつくのはわかります。

「４００円お預りしましたので66円のお返しです」

　店員さん、メジャーリーグでノーヒットノーランした時の野茂《のも》くらい冷静な対応で頭が下がります。

良いものを見せてもらったせめてものお礼に、あの男をギャンワアイランドに出して晒したいよ、店員さん。

と、思っていたら次のお客さんの番がきました。

「お会計151円になります」

「じゃあ1万円で」

「お釣り9849円になります」

「お釣り募金しておいて下さる？」

……す、すごい。これが噂の高低差ありすぎて耳キーンか。

と思っていたら、

「はうあーーー！！」

また閃いた。

「ーーーンＺ」

一人目のお客さんは、金払ってるんだから店員さんに何してもいいと思ってる、人間としての思考回路ショート寸前銭形平次《ぜにがたへいじ》。つまりセーラームーンＺ（銭形平次のＺ）、略して、ーーーンＺ。

「ジョバーテレ」

　二人目は、自分のことの前に人のことを考える、フォアザチーム女バレ竹下《たけした》マザーテレサ。

つまり女バレ竹下＝マザーテレサ。略してジョバーテレ。

　ーーーンZは、後半のけっこう強いキャラを倒す擬音で、ジョバーテレは一気にワープできるような良い擬音にしよう。

　聞いたことのない擬音だなぁ。

　そう思っていたら僕のお会計の番です。

　僕は凄十を置いて、

「お願いします」

と言うと、店員さんは、

「３２４０円になります」

　全盛期の中《なか》田《た》英《ひで》（元・セリエＡペルージャ所属）くらい冷静な店員さんがちょっとだけ反応した。

　凄十、恐るべし。


　その後も住みたい街ランキング第37位の荻窪を歩いて家に帰っていた。

　今、こうして帰ってるだけで擬音が見つかっているのだが、ここまで閃いた擬音は完全に正当な理由のもとできている擬音ばかりなので、ここからは見た時のフィーリングのみで擬音を考えよう。その方が原始の擬音が出るはずだ。

そう思っていたら、さっそく来ました。

細めの色白の20代前半の男子がオカモチを持って自転車に乗っている。この擬音は、

「ピキッッッ」

ピキッッッとなっている中、オカモチを持って自転車に乗っている男子がこけそうになっている。この擬音は、

「ゲンニョ」

ゲンニョとなり、もう自転車ごとこけそうな角度までいったがなんとか堪えた。この擬音は、

「にゅんぷ」

うん。完全ににゅんぷだな。理由はないけど、なんかにゅんぷって感じがする。良い感じだ。これは3つ擬音を言えて初めて倒せる敵用にしよう。

さらに家に向かって歩いていると、前を女子が歩いているのがわかりました。

夜道に一人だからか周りを警戒しながら歩いています。この擬音は、

「ブミーン」

ブミーンしながら歩いていると、その女子は急に歩く速度をゆるめだし、しまいには立ち止まった。

すると、そのままプ〜〜と屁をこいたのだ。警戒してたのは屁を誰かに聞かれないように周りを見ていたからなのだ。この擬音は、

「ポプーナー」

ポプーナーしていた女子が振り返り、僕が後ろにいることに気付いた。

すると、出した屁を僕に嗅がせるのは失礼と思ったのか、すごい勢いで鼻と口で吸い始めた。この擬音は、

「モヌモヌスー」

うん。完全にモヌモヌスーだな。これも3つ擬音を言えて初めて倒せる強キャラ用にしよう。

やっぱり理由がなく見た時のフィーリングでの擬音の方が、頭を使ってなくて良いな。最初はこうやって擬音が生まれていったんだ、という感じがすごいするし。

そういえば、最初に公園で会ったあの男か女かわかんないあいつも、そういう擬音を使ってたなぁ。

ナヘーーって、何の理由もないけど何か抜けてるような音だもんな。このゲームを作ってて気付かされたけど、考えよう考えようと思うと、考えたね努力したんだね、というものができる。

プレイヤーには作り手の努力なんてゲームをしている時に感じてほしくない。ただただこの

ゲームが楽しいということだけを想っていてほしい。

これは、エンタメは全てそうなのかもしれない。少しでも商業的な匂いがすると冷めてしまうから、考えず空っぽの状態で出るものが一番良いはずだ。

ギャンワアイランドを作ることと、あの男か女かわかんないやつのおかげで、そこに気付けた気がする。

あいつに感謝しないといけないかもしれないなぁ。

そうだ。

あいつのおかげでできたゲームだから、あいつをラスボスにしよ。名前は、

「祇音正二《ぎおんしょうじ》」

平家物語の「祇園精舎《ぎおんしょうじゃ》の鐘の声」から取らせてもらった。

何にでも終わりはあるということなのでラストのボスの名前としては悪くないのかと思う。

ちなみに祇音正二を倒す擬音には決まりがない。なぜなら祇園精舎の鐘の音は万物は絶えず変化していると説いているので、その状況にあった擬音で彼を倒すようにします。

さあ、ゲームの内容は決まった。

これから作って発売だ。

ギャンワアイランドまさかの大ヒット。

理由は、1面の一人目の敵から、何て擬音で倒したらいいかわからず全く進めない「クソゲー」だということが今の時代に逆にないということで、ゲームマニアが攻略に奮闘したためである。

ギャンワアイランドシリーズが復活したということで、僕は会社から表彰されまくり、「ファミ通」の表紙にもなったりして、ゲームクリエイターとして認められた。

でも、これは僕の力ではなく、身長70センチくらいの赤ちゃんみたいな小さな体型で、男か女かわからない、あいつのおかげだ。

僕はお礼を言いたくなり、公園に行ったら会えないかと思い、向かってみた。

「おーい！　お礼を言いに来たんだけどいないかぁ？」

都合よくいるわけもなく、そりゃそうだよなと思い帰ろうとすると、携帯に1本の電話がかかってきた。

「しゃ、社長!?」

電話なんかススキノのエロい店を案内するときにしかしたことない社長から、昼間に電話？

一体何だろう？

「もしもし音です」

「おー。音君。この前のギャンワアイランドすごかったな！　ギャンワアイランド復活ののろしが上がったと思うよ！」

「ありがとうございます」

「それでな、今回ヒットした熱が冷める前に、次作をお願いしたくて」

「え⁉　も、もうですか⁉」

「そう。今回みたいな擬音がたくさん出てくるもんをまた頼むよ！」

「番号札7番でお待ちのお客様〜」

「はいはい」

「こちら注意事項になります。店外デート、女の子の嫌がる行為……」

「あ！　音！　今忙しいから切るぞ！　とりあえず次作頼んだぞ！　よろしくなあ〜！　ブッッ」

……どういうときに電話してきてんだよ。まだやるとも言ってないが、ああなったら社長は聞かないのでやるしかない。

「参ったな〜」

と思ってベンチで目を瞑っていたら、目を瞑っていてもわかる変な違和感があった。

「この気配は……まさか！」

目を開けるとそこには身長70センチほどで1歳半くらいの男か女かわからない子供、祇音正二がいた。そして僕を指差してこう言ってきた。

「ボブボブボブナ〜！」

祇音正二にはバレていた。

参ったな〜とは言いながらも、今回の参ったな〜は本当に嫌で言ってる参ったな〜ではないことを。

「お前はお見通しだな。よし！　じゃあやるか！」

今回は祇音正二に何も言われなくても勝手に足が動き出した。これが能動的というやつなのか。

「ありがとうな」

言おうと思って言ったのではなく、心から出たありがとうだ。

と話していると、公園の入り口の方から大人の女性がやってきました。

「しょうじ！　しょうじ！　もう。またここにいたの⁉」

よく見たらこの公園は大きな一軒家とつながっている。マンションにある公園のでっかいバージョンみたいな感じになっていたのだ。

「しょうじ！　またここにいたの〜。あ……ごめんなさい。うちのしょうじ、お家から外に出て庭の公園に勝手にいつも行ってしまうんですよ〜」

「！？！？！？！？」

僕が勝手に付けてた祇音正二という名前と同じしょうじだということに20ビックリ。本命のビックリは正二のお母さん、平家《へいけ》みちさんだ。

！？！？

グッドイブニングな娘達をおさえてソロデビューを勝ち取った平家みちさんだ！！！　最初正二を見たときなんか見たことあるなと思ったのは平家みちさんに顔がソックリだからだ！！！

「失礼しました。ほら、しょうじ帰るわよ！」

と平家みちさんが祇音正二と手をつないで家に帰ろうとしている。

ん？　平家みちさんが祇音正二と……。

「は、は、はうあーーー！！！」

閃いた。たまたま祇音正二と名付けたこの子は平家みちさんの子供。祇園精舎と言えば祇園精舎の鐘の声。という平家物語の一節。これはつまり「平家みち」物語。「祇音正二」の鐘の「音」ということだ。全てが誰がどう考えても完全につながった。

次作のギャンワアイランドは平家物語を擬音にすることにしよう。すると平家みちさんが、

「あ、あの～。私たち帰りますね」

と言うので、

「ちょ、ちょっと待ってください！　1分だけ、1分だけしょうじ君とお話しさせてください」

この作品の最初の部分だけは僕の全てを変えてくれた祇音正二と作りたかったのだ。

「え……、まあ、いいですけど」

「ありがとうございます！」

一緒に作りたかったのは平家物語冒頭の一節。この部分を全部擬音にしてみよう。

一度祇音正二に聴かせる。

「祇園精舎の鐘の声」

なんかうなずいてくれた気がする。

僕は自分が思う祇園精舎の鐘の声の部分を擬音で言おうと口を開いた。

「ゴーン、ドーン、ピーン、オチョーン、ペニョロッサーン」

「ゴーン、ドーン、ピーン、オチョーン、ペニョロッサーン」

僕が言うと同時に祇音正二も同じ擬音を発したのだ。

初めて会った時は全く理解できなかった祇音正二と一つになれたと確信した。全てに自信がついた。

ゲーム内容は、平家物語の登場人物や昔の言葉が現れて、それを擬音で倒すゲームにしよう。これで合っているという自信がある。

なぜなら前作としっかり内容が交わっているから。

祇園精舎の鐘の声、諸行無常の響きあり。

祇園精舎の鐘の音はこの世の全ては変化していくものだと感じさせるという意味。常に変化していくのが正解だ。

「平家みちさん！　すみませんお待たせしました！　もうしょうじ君とお話すみましたので大丈夫です！　お忙しいところ申し訳ないです。平家みちさん」

　平家みちさんが口を開く。

「……あのね、私平家みちじゃなくて２０２０年からＭｉｃｈｉでやってるんですよねぇ」

　みんな祇園精舎の鐘の音響かせて生きてるんだなあ。

初出「小説現代」二〇二二年十二月号

書《か》きしごと。

第1刷発行　2023年12月12日

著 者　吉《よし》住《ずみ》、ぴろ、ニシダ、石《いし》橋《ばし》遼《りょう》大《だい》、上《うえ》田《だ》航《こう》平《へい》、布《ぬの》川《かわ》ひろき

発行者　髙橋明男

発行所　株式会社 講談社　〒112-8001 東京都文京区音羽2-12-21

電話　出版 03-5395-3505

販売 03-5395-5817

業務 03-5395-3615

本文データ制作　講談社デジタル製作

印刷所　株式会社KPSプロダクツ

製本所　株式会社国宝社

定価はカバーに表示してあります。

Printed in Japan ISBN978-4-06-530556-0 N.D.C.913 254p 19cm

吉住（よしずみ）

1989年11月12日生まれ。福岡県出身。ピン芸人として活躍、「女芸人No.1決定戦 THE W 2020」で優勝を果たした。

ぴろ

1986年5月4日生まれ。愛知県出身。漫才コンビ「キュウ」のボケおよびネタ作りを担当。「M-1グランプリ2022」決勝に進出した。

ニシダ

1994年7月24日生まれ。山口県出身。漫才コンビ「ラランド」のツッコミを担当。アマチュアながら、2019年、2020年と2年連続で「M-1グランプリ」準決勝に進出。その他にソロで多数執筆を行っており、処女短編集『不器用で』（KADOKAWA）は千原ジュニア氏の絶賛を受けるなど、多方面から評価を得た。

石橋遼大（いしばし・りょうだい）

1996年9月13日生まれ。東京都出身。漫才トリオ「四千頭身」のボケを担当。2019年に「第40回ABCお笑いグランプリ」決勝、「M-1グランプリ2019」準決勝に進出。

上田航平（うえだ・こうへい）

1984年12月17日生まれ。神奈川県出身。2023年11月までコントユニット「ゾフィー」のボケおよびネタ作り担当として活躍。2017年、2019年「キングオブコント」ファイナリスト。コンビ解散後の現在は作家兼プレーヤーとして活動中。

布川ひろき（ぬのかわ・ひろき）

1984年1月28日生まれ。北海道出身。漫才コンビ「トム・ブラウン」のツッコミを担当。「M-1グランプリ2018」決勝に進出した。